가만히 두는 아름다움

가만히 두는 아름다움

문동만 산문집

예옥

작가의 말

첫 산문집을 내며

산문은 필자의 철학과 삶의 태도가 시보다는 직접적으로 진술된다는 측면에서 알몸의 글쓰기에 가깝다는 생각이 들었다. 게으르지만 시 쓰기를 주되게 구상하는 나에게 산문은 번외의 작문이었다. 지난날의 원고를 정리하다 보니 대부분의 원고들이 책을 낼 생각을 하고 글을 쓰지 않았음이 또렷했다. 때론 직무상의 책임감으로 쓰기도 했고 분심을 이기지 못하는 격정들도 있었다. 다 알지도 못하면서 아는 체하며 썼던 글들도 있었다. 원고들의 시차가 있다 보니 쓸 당시의 정념과는 달라서 마치 내가 나를 낯설어하며 머리를 긁적이고 있는 것 같은 실감도 일었다. 그러니만큼 문투나 정서가 고르지 않다.

존경할 만한 분들의 산문집을 읽고 나니 더더욱 내 성긴 사유나 언어들이 미숙하기만 해서 여기까지 오는 것도 무모함이거나 용기에 가까웠을 것이다. 시간을 견디는 문장들이 얼마나 될까만, 그럼에도 어찌어찌 이 파편들을 묶는다. 시시콜콜한 잡설도 있고, 성장사와 가족사도 있고 시론에 미치지 못하는 시론도 섞여 있다. 격문 같은 글도 있고 시집에 싣지 않은 이른바 현장이라 일컫는 곳에서 쓰이거나 읽은, 쓸모를 다한 시들도 여러 편 묶여 있다.

돌아보자니 버거운 그 비가들은 부끄러움도 자긍도 아닌, 여기에 없는 사람들을 배웅하는 느린 달팽이의 더듬이 같은 것일 뿐이다. 내가 불화한 체제와 언어도단의 언어들, 안타깝고 억울하게 소멸해 간 존재들에 대한 문학적 제의, 그리고 아끼고 지켜야 할 생명들에 대한 옹호가 얼기설기 엮은 이 산문집의 근원을 이루고 있는 듯하다. 지금 잘 살고 잘 쓰고 있어서 이 책을 내놓는 것도 아니고, 앞으로 더 부지런히 근본적으로 살아보자고 작심하는 것도 아니다. 다만 태어났기에 살았고 썼고 담아놓은 것이 있어서 그 어지러운 발걸음을 뒤좇아 본 것이려니.

아직은 젊거나 어린 것만 같은데 어느덧 기성세대라 불려도 할 말이 없는 그 세월에 이르렀다. 나이를 전제로 두고 글을 쓰지 않으려 저어하지만 나이가 들수록 알고 사는 많은 존재들이 측은해진다. 고집이 센 자보다는 유연한 자가 되는 게 더 어렵다는 걸 느낀다. 유려함과는 다른 매사 자연스러움을 얻는 일이 쉽지 않다는 것을 실감한다. 그러나 얼마간 무모함이나 과잉이 없다면 내가 나일까 하는 생각도 들었다. 한 번 왔다 허무하게 가는 생이 얼마나 심심할 것이냐. 조심조심하다 죽지 않기 위하여! 그냥 쓰자, 이런 변명과 자위로 이 책을 묶는다. 삶이 모자란 것보다 글이 부실한 것이 쓰는 자의 부끄러움이지만 외려 그것을 채우는 것이 공부이거나 삶이기도 하다는 걸 잊지 않으려 한다. 나는 영영 느낀 만큼 쓰지 못하고 아는 만큼 살지도 못할 것이다.

2020년 늦가을

문동만

차례

가만히 두는 아름다움

문동만 산문집

3부

4부

1부

역병이 돌던 봄날에

어떤 언약에 부쳐

우이동에서의 몇 년

다감한 말들의 목록

원경이 아름답다 1

원경이 아름답다 2

언어의 몸살, 관계의 몸살

탁구론

무논을 생각하며

두 아버지에 대하여

너는 어디로 가는가

어떤 인연들

고향을 짓는 꿈

문어(文魚)

목줄

역병이 돌던 봄날에

#

'사회적 거리두기'라는 말이 적정한지는 모르겠다. '전염위험 거리두기'가 더 적확한 표현이 아닐까 싶다. 술자리도 회합도 조심하는 날들이다. 밖에 안 나가고 부득이 식구들끼리 붙어살았더니 더 심심해졌다. 가족 간에도 사회적 거리가 필요한 모양이다. 식구들끼리 우스운 주제로 대화하다 마침내 논쟁이 되고 싸움이 되는 꼴을 제법 겪어 보았다. 허허, 가까이 붙어 흉허물 없이 산다는 것도 때론 고위험한 불화로 번질 수 있다. 편한 사이에도 거리가 필요하다. 하여 외로워하는 자전거가 응앙응앙 울어대서 물 한 병, 김밥 한 줄 사서 배낭에 메고 천변 행. 벚꽃도 만개 직전이고 사람도 붐볐다. 이렇게들 굳이 사람 많은 데 조심하라고 만류하는데도 마스크 쓰고라도 봄을 찾겠다는 사람들이 있어서 봄이 오는지 모르겠다. 한 젊은 남자가 아이들에게 자전거 타는 법을 다정하게 알려 준다. 나에게 자전거를 배우던 두 아이는 나의 미숙하고 엄숙한 조련 때문에 "아빠한테 안 배울래" 하더니 여태 스물이 넘었는데도 자전거를 못 탄다. 죄가 하나 더 생긴 것이다. 햇빛을 보고 얼굴의 근육을 움직여야 마음의 구김살도 펴지고 말려지나 보다. 볕을 받아야 생기는 건 비타민뿐만이 아닌 것이다. 볕을 쬐야 생기는 너그러움이나 성찰이 있는 것이 분명하다. 멍 때림 속에서도 꽉 차는 것이 있다. 바람이 청량한 곳에서 기분 좋게 땀 흘릴 때 미운 것들이 작아진다. 나도 맑은 햇볕 아래서 싸워본 적은 없는 것 같으니. 그런 의미에서 나는 후련한 땀과 자연 속의 노동을 예찬하지 않을 수 없다.

\#

슈퍼에서 돌미나리를 팔기에 반 근만 샀다. 반 근도 한 짐이었다. 미나리나 쑥을 보면 엄마 생각이 난다. 생전에 허리도 반절은 굽은 이가 봄나물 한다고 맘껏 쓰지도 못하는 몇 푼의 돈벌이 한다고 논둑이나 개울에 주저앉아

봄볕을 태우던 모습 같은 거. 이것을 하나하나 칼끝으로 채집한 노무비가 얼마일까를 생각하니 엄마도 2천 원 벌자고 한 시간은 쭈그려 개울을 뒤졌으리라. 그러나 우리는 그런 생각도 하며 맛있게 먹을 뿐이다. 삼겹살 구워 미나리쌈 싸서 한 잔. 역병의 시절, 서로 만날 수 없으니 자작이라도 해야 한다. 미나리는 피를 맑게 한다. 고로 미나리에게도 핏줄이 있으리라.

#

강아지가 햇볕을 쬐는 베란다에 작은 책상과 딸내미가 안 쓰는 의자를 옮기고 바닥에 깔판을 깔았다. 이 자리를 작업실이려니 하니 작업실 같았다. 몇 편의 시를 썼는데 잘 써지는 것 같았다. 안방은 왜 자는 방이지 쓰는 방이 될 수 없을까. 공간이라는 것이 참 묘하다. 벽 하나를 두고도 생판 다른 이역의 느낌이 드니. 여태 작업실 같은 건 꿈꾸긴 했지만 봄꿈 같은 것일 뿐 식탁에서도 쓰고 안방에서도 쓰며 두세 권의 시집을 내고 원고들을 끼적거렸다. 베란다에서는 사선으로 북한산이 보였다. 아이들에게는 (버거킹)햄버거 가게가 집 근처에 있으면 벅세권이라 한다는데, 숲이 가까스로 보이는 이곳도 엄밀히 말하자면 숲세권 작업실이 아닌가. 정신승리법을 수련 중인 내가 기특해 뒷머리를 쓰다듬어 주었다.

(2020년)

어떤 언약에 부쳐

결혼식 축시를 네 번 썼던 것 같다. 그 중 세 쌍은 잘 살고 있고 한 쌍은 이혼을 했다. 이혼을 했다고 꼭 불행한 것만은 아니었는지 더 좋은 배우자를 만났다고 하는데 잘 모르겠다. 끝까지 살아봐야 아는 게 부부 아닌가. 아래의 시는 가장 최근에 쓴 축시다. 문화비평을 하는 K와 작가인 S의 결혼식 축시를 청탁(?) 받고 한달음에 쓴 시다. 몇 개월간 어떤 청탁도 없던 가을에서 겨울 사이였다. 참 고마운 청탁이었다. 그해 겨울 광장의 촛불이 가장 환하던 날이 마침 이 둘의 결혼식이었다. 십수 명 되는 지인이자 하객이었던 우리 일행들은 양측 가족들보다 빨리 인증 촬영을 해달라고 천연덕스럽게 졸랐다. 부부는 우리의 청을 들어줬고 우리는 급히 밥을 먹고 식장을 빠져나와 광장으로 달려갔다. 나도 이 시를 마음을 다해 읽었다. 시집 『구르는 잠』에는 이 시의 전문을 싣지 못하고 밑줄 친 일부의 시구만 뽑아 실었다. 그것이 내내 미안하게 걸렸다. 우이동 계곡가에 잠깐 머물러 살 때 앞집 할머니와 문패로만 남아있는 부부의 인연을 생각하며 써 본 시였다. 그런데 정작 우리는 여기에 살 때 식구들과 자주 싸웠던 것 같다. 집과 집 사이가 너무 가까웠으므로, 벽은 너무 얇았고 창문은 허술했으므로 그이들도 우리의 소란을 들었을 게다. 시와 작문에는 얼마간의 위선과 위악이 없다 말할 수 없으리라. 결혼은 두 번 축하한다고 말하기엔 어색하고 난제도 많지만 난 아직도 사랑만이, 혹은 우정만이 해결할 수 있는 것들이 많다고 믿는 편이다.

앞집에 칠순 할머니가 혼자 사시는데
문패에는 두 사람의 이름이 있습니다.
나는 할아버지를 본 적은 없습니다.
할머니만 다리를 절뚝거리며 파란 대문을 열고
텃밭에 물을 주며 빈 하늘을 올려봅니다.
장다리꽃이 피자 나비가 벌이 앉았다 갑니다.
나는 그렇게 할아버지가 왕왕 왔다 가셨으리라

생각하곤 합니다.

밤이면 도란 도란거리는 목소리도 들리는데
귀 밝은 내 환청만은 아니었을 것입니다.
그 집에는 누구도 떠나지 않았고 보내는 이도 없이
갸륵히 사시려니 생각합니다.
서로 모자라서 절실한 시간을 견디며 둘이 사시려니
생각합니다.

사람은 사랑 때문에 살고
사랑은 사람으로서 살게 합니다.

사람들은 그 많은 사랑을 하고도 사랑을 완결하지 않았습니다.
사랑에 대한 무한한 비유를 남겨놓고 갈 길은 누구나 다르게
펼쳐 있습니다.

오는 시간을 앞당겨 당신을 생각합니다.
누구에게나 못 해줘서 미안한 시간이 올 것이므로
가장 행복했던 시간이 가장 외로운 시간이 될

연민의 시간이 올 것이므로

사는 일은 싸우지 않는 일이 아니라
고쳐 써야 할 작품처럼 모자람을 채우는 일이기에
어지러운 백지로 펼쳐지는 난감함 같은 것이기에
나의 말을 줄이면 더 좋아질 때가 있었습니다.
당신 말을 더 많이 적어두면 좋아질 때가 있었습니다.
무심하기보다는 잘 싸우며 마침내 화해하며
깊어질 때가 있었습니다.

기타 치며 부르는 노래처럼 읊조려 주세요.
오래 오래라는 시,
물리지도 적적하지도 처연하지도 않게
웃으며 싸우며 바라보며 오래 오래

당신도 나를 떠나지 않았습니다
나도 당신을 떠나지 않았습니다

(2016년)

우이동에서의 몇 년

이 인근을 사방으로 터를 잡은 지 이십여 년 가까이 되어 간다. 수도권 도시에서 10년 넘게 살다 처가가 가까운 수유리 작은 빌라로 이사를 왔다. 여기서 둘째 아이 돌을 치르고 딸아이는 어린이집을 가고 첫차인 중고 프라이드를 샀다. '백운빌라'라는 이름을 가진 열여섯 평 작은 집에서 우리 식구 넷과 거처가 마땅치 않은 형과 막내 누이가 몇 해를 같이 살기도 했다. 형제들이 거처를 옮기자 나는 자꾸만 주저앉은 방바닥과 찢어진 장판이 거슬렸다. "장판이라도 바꿉시다, 세상은 못 바꾸고 있지만" 아내는 왜 셋집에 돈을 들이냐는 거였다. 나는 불만이든 좋은 것이든 한 번 꽂히면 갈 데까지 가봐야 하는 성격이었는지 자꾸만 집을 보러 다녔다. 시골 출신인 나는 가까운 우이동에

끌렸고 최대한 조용하고 자연적인 곳을 찾았다. 거기에 작은 빌라를 우여곡절 끝에 장만하게 되었다. 생애 첫 집이었는데 퇴직금을 중간정산하고도 반은 대출을 껴서.

이사를 하니 좋았다. 집은 한쪽이 사선이어서 반듯하지 않았다. 그 이유로 싼 편이었지만, 신혼부부가 사는 아랫집에서는 뭔가 알 수 없는 재즈풍의 음악과 기이한 소리들로 잠을 어지럽혔지만. 창을 열면 족히 백 년도 넘었을 떡갈나무와 껍질 붉은 소나무가 다정한 숲을 이루고 까치와 까마귀가 어울려 공평한 아점밥을 먹는 것도 볼 수 있었다. 노래를 불러도 되는 단골 술집도 있었다. 그러나 내가 좋아하는 마지막 술집들은 늘 사라지곤 했다. 옆집에 큰 개를 키웠는데 시도 때도 없이 짖었다. 어느 날 새벽잠을 이룰 수 없었고 말리는 아내를 뒤로 밀치며 따지러 갔다. "잠 좀 잡시다 제발" "개가 그러는 걸 우리가 어떡해요?" "그럼 개가 당신들 주인입니까!" 잠결과 술김은 제정신이 아니라는 점에서 똑같았고 마침내 경찰차가 왔다. 그 후에도 개가 짖었는지 어쨌는지 기억은 없다. 거기서 깨달은 건 조용한 곳에선 작은 소음도 거대하다는 것쯤. 어느 해 겨울, 눈이 많이 왔다. 나는 어디서 비료 포대를 구해 아이 둘을 태우고 동네를 한 바퀴 돌았다. 동네 사람 하나가 "이렇게 눈을 다져놓으면 온 동네가 다 빙판길 됩니다. 아이고 진짜……." 그렇다고 포기하면 촌놈일 수 없었다. 비료포대를 들고 지금은 둘레길이 된 경사진 산길에다 다시 썰매장을 만들어 놀았다. 거름기 없는 화단이었지만 상추와 들깨를 심을 수 있었다. 자연이 곁에 있으면 내가 작은 뭐라도 자연일 수는 없을까 이런 생각을 하게 되는 것 같았다. 조금만 걸어가면 도선사와 소귀천 쪽에서 흘러내려 오는 제법 큰 계곡이 나오는데 물이 넉넉해서 여름이면 어디 갈 것도 없었다. 물을 좋아하던 아들은 늘 젖어서 들어왔다.

그렇게 여러 해를 살았던 모양이다. 단점이라면 4호선 수유역까지 가는 거리와 시간이 만만치 않다는 것. 경전철은 생긴다고 하는데 어느 세월일지.(이 글을 탈고할 때쯤 전철이 개통되는 아이러니라니) 또 사정이 생겨 아랫동네 쌍문동에서 몇 년, 재 넘어 쌍문동에서 몇 년을 이사 다니며 장인, 장모님과 함께 살았다. 아이들은 여기를 고향같이 느끼는 것 같았고 큰 애는 아내가 결혼하던 나이가 되었고 기어다니던 아들은 주민증이 나왔다. 거기서 아버지보다 더

정들었던 장인이 돌아가셨다. 벚꽃이 날릴 때는 쌍문동에서 우이동으로 넘어가던 언덕길에서 빨간 자전거를 탄 그이의 뒷모습을 신기루처럼 만나곤 하였다. 작년에 집주인이 집이 팔렸다고 다시금 불가피하게 들어간 곳이 우이동 집이었는데…… 지은 지 40년도 넘은 웃풍 센 벽돌집, 길쭉한 연립 가운데에 얕은 벽을 쳐두고 지붕이 서로 뚫린 집, 옆집의 소곤거리는 소리도 다 들리고 화장실도 하나여서 정신이 없는, 그 집에 들어가 페인트를 칠하고 반 평짜리 텃밭을 만들어 석류나무와 노랑장미를 심었다. 작년 여름엔 아내와 산책하는데 봉황각 돌담 앞에 멧돼지 박제 같은 보이는 것이었다. "어라, 왜 저기에 멧돼지 박제를 세워놨지? 무슨 종교적 의미인가?" 그렇게 얘기하고 있는 찰라, 아내가 갑자기 "움직여! 움직여!" 우리는 진짜 멧돼지를 본 것이었다.

그리고 거기서 어떤 인연 하나를 만났으니 강아지였다. 2개월밖에 안 된 녀석을 보는 순간, 오래 본 필연처럼 나는 두말도 하지 않고 품에 앉았다. 나는 녀석을 가랑이에 앉혀 집에 데려왔다. 식구들은 상의도 없이 사고 친 나를 기가 차다는 듯 바라봤지만 초롱초롱한 강아지를 보는 순간 하나같이 식구라고 불렀다. 우리는 강아지 덕에 좀 더 웃을 수 있었고 소소하게 싸웠고 자연이 외식을 줄였다. 생명관이 조금 바뀐 것 같기도 하다. 나는 언제나 준비 없이 아버지가 되었고 또 이번에도 준비 없이 곁을 들였다. 그러나 마음보다 큰 곁이 있으랴 믿지 않으면 내가 미워진다. 그 동네도 털리고 새로 짓는 집들이 늘어나기 시작했고 우리는 또 눈 내리는 날 이사를 해야 했다.

얼음이 녹고 봄이 되자 마침내 집들이 사라져 있었다. 다닥다닥 빌라를 짓는다고 했다. 석류나무와 노랑장미는 어디로 갔을까. 별을 보며 이를 닦던 수돗가는 어떤 수맥 속에 묻혔을까. 손때 묻은 시간들은 떠나 돌아오지 않았고 나는 출입금지 펜스가 둘러쳐진 집터를 바라보다 눈시울이 붉어졌다. 오래 살았다고 고향은 아니더라. 가서도 되돌아가고 싶은 시간이 고향이더라. 그러나 어떤 회한도 격정도 졸아들고 엷어진다는 걸 안다. 다행히 우리는 멀리 가지 않았다. 우이천 맑은 물을 아랫녘에서 다시 만나고 있다. 흐르는 물을 보며 더 맑은 물이 흐르던 상류에서 살던 한 시절을 생각하고 발을 적신다. 사람들은 누구나 불가나 물가로 모여들어 살려고 한다. 큰물에 쓰러졌던

갈대는 다시 일어나 빳빳이 푸르게 서 있다. 텃새가 된 원앙도 청둥오리도 짝을 지어 떠나지 않고 있다. 잉어는 꼭 떼로 몰려다니며 한 우주를 이룬다. 피라미 버들치는 너무 많아서 물이 줄어들지 않기를 바랄 뿐. 다들 떠났거나 떠나지 않았으므로 우리도 여기서 산다. 고향처럼 떠나지 못하고 당신을 떠나지 못하고, 곁과 곁으로 붙어서.

(계간 《비유》 2018년)

다감한 말들의 목록

#

놀래기와 우럭을 통발로 잡아 '자연인'은 맛있는 저녁을 먹는다. 소찬에도 자족하며 볼이 터져라 먹는 모습을 보며 나도 입맛을 다신다. 나는 고기보다는 해산물을 좋아해서 물고기를 잡고 요리하는 프로그램을 좋아한다. 어느 때는 대여섯 곳의 채널에서 〈나는 자연인이다〉를 재방영하는데 여러 장면 중에서도 짓는 것, 잡는 것, 캐는 것, 먹는 것에 본능적인 관심이 있다. 원시의 수렵 본능이 남아 있어서인지도 모르겠다. 식구들은 내가 개펄에 들어가면 밀물이 들어오도록 나오지 않는다고 늘 푸념하곤 하였다. 그렇게 재밌는 일을 왜? 그렇게 우연히 얻어걸린 장면을 입맛 다시며 시청하며 뒹굴고 있는데 갑자기 생뚱맞은 한

마디가 들려왔다. "아빠 꿈이 자연인이야?" 다 큰 딸아이가 마치 어버이가 자식에게 취업을 묻듯이 농 같은 질문을 하는 것이다. 순간 이것은 답변해야 할 말이 아니라 웃겨터진 말이라는 걸 알았다. 말에도 농도나 온도 질감 같은 게 있고 상황이란 게 있다. 식구들끼리 본능적으로 말에 실린 감정과 분위기를 안다. 나는 한 눈은 텔레비전에, 한 눈은 아이를 보며 큰 웃음이 터졌다. 지금도 복제할 수도 정교하게 해설해 낼 수 없는 기분 좋은 웃음이었다. 그냥 그 말에 배인 평소와는 다른 억양과 느낌도 웃겼던 것이고, 나를 좀 어리숙한 사람으로, 혹은 어이없게 만들어버려서 무장해제시키는 그런 한마디랄까. 내가 너무 크게 웃자 딸아이는 그 소리의 반만 하게 크게 웃었다. 말귀와 분위기를 좀 알아먹는 흰둥이는 영문도 모르고 입꼬리가 올라가고 꼬리를 세차게 흔들며 웃었다. 아내는 방문을 열고 나와 무슨 영문이냐고 같이 웃었다. 내가 웃자 모두가 크게 웃어서 내가 새해 벽두부터 무슨 선물이라도 준 것 같은 느낌이었다. 웃어서 식구들 줬으니 남도 줄 수 있다는 걸 알았다. 페이스북에도 이 웃기는 일을 살짝 알렸더니만 좀 같이 웃어주셨다. 이런 별것 아닌 대화와 그날의 잔영이 글을 남길 만큼 오래 남을 줄은 그땐 몰랐다.

#

나는 타고 나길 살결이 흰 편이다. 건강해 보이는 갈색 피부를 갖고 있는 사람이 부럽기도 하고 어쩌면 콤플렉스 같은 것이다. 여름이면 더더욱 흰 살결이 마뜩찮아서 이번에 살을 좀 태워야겠다는 작심을 실행에 옮겼다. 집이 남서향이라 해가 그리 길지도 않았고 밖에서 보는 사람이 있어도 민망한 결례인지라, 베란다 한편에 가까스로 그런 자리를 잡았다. 돗자리를 깔고 웃통을 벗고 반바지를 입고 해변에서 일광욕하는 기분으로 대자로 누워버렸다. 초여름 바람이 기분 좋게 불었고 시간이 지루해서 시집으로 꺼내 읽노라니 이번에도 딸아이가 나지막이 한마디 말을 건넨다. “아빠 그러면 좋아?” 나의 어리숙한 실험과 평온을 깨뜨리지 않는 상냥한 말투였다. 나를 넘어오지 않으며 넘어오는 말, 시비도 아니고 질문도 아닌 그 상태를 감싸고 유지시켜 주는 말이었다. 그러잖아도 나른히 좋았던 기분이 더 좋아졌고 그러면 좋아? 이 말이 햇살처럼 마음을 기분 좋게 태우고 있다는 걸 알았다. 나는 늦잠을 맘껏 자도 되는 소년이라도 된 듯 눈 감은 채로 “응”이었으니. 우리가 살며 부딪쳤던 성긴 말들이 많았겠지만 그 누진 말까지도 말려주는 한마디의 애틋한 말도 있음을. 말을 던진 사람은 잊어도 말을 들은 사람은 오래도록 그 파문을 안고 사는 것이 말의 파문인가 보다. 모진 말도 그렇고 따뜻하거나 인상적인 말도 그렇다. 그 목록에 들어갈 말들은 긴 말도 아니고 깊이 생각한 말도 아니다. 그냥 부지불식간에 나오는 분위기를 북돋는 말 같은 것이고, 맑은 농담에 가까운 말들이다. 살은 아직도 못 태웠지만 초여름에 번져오던 다감한 그 짧은 한마디를 다감한 말들의 목록 속에 고이 끼워 두었다.

(2020)

원경이 아름답다 1

— 내가 버린 냄새를 맡는 법

여지없이 출근하고 반복되는 일을 하고 사는 게 부끄러움도 아니지만 자긍만도 아니다. 살림을 꾸리고 예전보다는 좋아진 삶을 이룬 것은 사실이지만 나 또한 지구에 이렇게 살려고 오지는 않았기 때문일 것이다. 나의 월요병은 낫지 않고 화요병 수요병도 있는 것 같다. 밥벌이는 지겨움과의 연장전인 것 같고 궁극에는 심리전이고 체력전이다. 이러한 삶의 연속과 반복은 제한된 경험과 사고틀을 줄 것이고 나는 이곳에서 바라볼 수밖에 없고 쓸 수밖에 없다는 측면에서 나의 한계는 지금 살아가는 만큼일 터이다. 간혹 일탈이라면 충동적인 결근을 하는 정도가 나의 일상에 대한 반발인 셈인데. 남들이 일 할 때 노는 맛같이 달달한 것도 없다. 곳곳에서 꽃이 좋다고 난리가 나고 어젯밤 먹은 술도 안 깨서, 뭔가 숙취 우울증이 번지고 헛사는 것 같은 마음이 들어 결근을 해버렸다. 수명이 짧은 꽃의 안부를 사람들의 안부보다 더 궁금해야 할 것 같아서 꽃구경하러 갔다. 꽃길을 거닐며 생각해보니 매인 일을 덜 하고 살면 더 많이 볼 게 있고 생각할 게 많아질 것 같았다. 공간적 제약이란 실상 시각의 제한이며 상상의 제약일 것이어서 자유스럽게 돌아다니는 사람들이 늘 부럽다. 그들도 정주하고 사는 내가 부러울지도 모르겠다. 사람들이 꽃무리에 들어가서 꽃처럼 웃는데 꽃이 사람 같았고 사람이 꽃 같아 보였다. 미운 사람이 보이지 않았다. 꽃이 보여주는 마법이었다.

부리가 누르스름한 왜가리 한 마리가 도도한 자태로 물의 중심에 서 있다. 자세히 보니 입속으로 뭔가가 들어간다. 제법 큰 쥐였다. 긴 목을 따라 한 생명이 꿈틀거렸다. 꽃냄새 밑에서 비릿하고 꿉꿉한 하수 냄새가 풍겨 나온다. 꽃향기 속에서도 그 냄새는 코를 거슬린다. 대부분 개천에는 하수로가 천변을 따라 구축되어 있다. 일급수나 고약한 오수는 한 칸 차이를 두고 흐를 뿐이다. 나는 도시의 하천에서 대부분 풍겨오는 남들은 잘 맡아지지도 않는다는 그 냄새를 잘 맡고 못 견뎌 한다. 다 내가 쓰고 버린 하수인데 그 냄새를 말이다. 꽃과 사람이 엉킨 풍경이 사는 것 같은 흥성함은 주지만 사람이 꽃보다 아름답다고 생각하지 않은지도 오래되었다. 심지어 그 노래도 잘 안 불러진다. 그런 가사말의 멜로디가 흥겨운 것도 이상하다. 아마도 내가 나를 보기에도 별반 매혹이나 아름다움이 없는 것 같고, 인간만이 문제인 거 같은 현상들이 너무 많이 생기기 때문일 것이다. 사람은 무엇보다 아름다운 게 아니라 그저 복잡다단하게 사람다울 뿐이다.

아름답다는 어느 항구에 설렘을 안고 갔을 때 나는 적이 실망했다. 멀리서 보는 풍경은 아름다웠으나 배가 정박하고 사람들이 몰려있는 항구의 물 냄새 때문이었다. 바닷물이 썩으면 민물보다 더 역겨운 냄새가 나는데, 그곳에 다녀온 뒤에 내게 인식된 그 항구의 실감은 그 냄새 안에서 벗어나기 힘들었다. 짠 바닷물조차 썩히는 인간의 문제를, 사람이 꽃보다 아름답기는커녕 영구적 문제라는 것을, 그리고 원경을 통해 본 이미지와 근경의 실상이 얼마나 다른지를. 풍경에도 표리부동이 있고 인간에도 표리부동이 있다는 것을. 그 차이가 가장 적은 것이야말로 진실로 아름다운 실체적 정경이 되리라는 것을. 그리하여 사람이 꽃보다 아름답다는 노래도 어그러지고 파괴된 자연의 실상에 맞게 고쳐 불러야 하는 시간이 우리 앞에 도래했음을, 하루를 농땡이 치고 놀다 보니 더 잘 보였다. 사람만이 문제여서 역으로 사람이 희망이 되지 않고는 살아갈 도리는 없을 것이다.

(2020년)

원경이
아름답다 2

— 귀룽나무처럼

> 우리는 가까워져서, 미워졌던 날들이 많았는데, 좋아하는 것들은 덜 보고 살거나, 다 모르는 게 아름답기도 했는데, …… (중략) …… 모르니까 더 많은 작명을 하게 돼요 설렘을 잃은 날들을 일렁이게 해요 피는 것 속에 지는 것을 먼저 보는 병을 그냥 삶이게 해요 가장 열심히 산 날이 더 많이 타락한 날일지도 모른다고, 추궁하게 해요
>
> — 졸시 「귀룽나무에게」 부분

독자든 누구든 알아주지 않아도 필자에겐 애착이 가는 시가 있다. 내게도 그런 시가 여러 편 있는데 『구르는 잠』에 실린 「귀룽나무에게」가 그런 작품이다. 우이동 살 때 시내 쪽으로 나가다 보면 오른쪽 차창에 꽉 차서 들어오

는 아름다운 나무가 있었다. 새봄이 오면 가장 먼저 새순이 무성하게 돋아 봄을 봄답게 이끌어내는 나무였는데. 어쩌면 계절의 전령 같기도 하고 나무의 모양도 버드나무 몇 그루가 합체된 것처럼 울창하게 어깨선을 늘이고 있어 멋지기까지 했다. 그런데 이 나무의 이름을 오래도록 몰랐다. 알자면 알 수 있었으나 모르며 좋아하는 마음을 오래 갖는 것도 좋겠다 싶었다. 그 거리를 두며 바라보기만 할 때 어떤 모호한 영감도 번져왔다. 이 나무가 언젠가 시한 편쯤은 주리란 것을. 그렇게 한 편의 시는 몇 년의 세월을 거쳐 이파리를 틔우고 이파리를 떨어뜨리며 그냥 그 자리에 서 있었다. 마침내 이 나무는 이런 시를 어렵사리 내주는 것이었다. 대부분의 시는 밀착된 관계와 체험을 통해서 나올 때가 많은데, 내게는 그 근경이 상처일 때도 많아서 덤덤한 거리를 두며 아프게 써지지 않아서 좋았다. 자연물을 통해 나를 토로하는 일, 그러므로 나무도 친구인 것이고 그는 술을 따라 주는 대신 내가 좋아하는 색깔인 연초록 이파리를 드리워준다. 그를 짝사랑이라 생각하며 원경이라고 불러도 좋겠다 싶었다.

보다시피 이 시는 나무에 대한 오마주가 아니라 관계

론에 대한 시적 진술이다. 나도 뭔가 사람앓이를 했으니까 이런 시가 나왔을 테다. 오래도록 알고 지내며 우의를 가졌던 사람들과 정서의 거리가 달라지는 것을 느낄 때가 있다. 근경으로 만난 사이들인데, 누가 달라진 것일까. 아니면 서로가 달라진 것일까. 아니면 이제야 내재된 서로 다른 존재성을 확인한 것일지도 모른다. 친밀성이라는 것이 동일한 밀도로 유지되기가 쉽지 않다는 것을 느끼는 세월을 만난다, 닳고 마모되는 건 육신뿐 아니라, 사이도 그렇다는 것을, 열정이 떠나간 관계는 식으면 식은 대로 유지되고 새로이 만나고 누군가는 더 깊어지겠지만 관계의 열정에 소진하지 않고 나를 얼마간 숨겨서 남겨두는 것이 더 좋으리라 싶은 교훈을 얻는다. 나를 남겨둬야 당신의 자리가 있으리라 믿으며. 다 알려고 하지 않는 거리를 두는 것, 변화된 관계의 거리를 담담히 받아들이는 것, 같이 애써 뭉치려고 하지 않는 것, 좋았던 순간들을 더 기억하며 누구나 얼마씩은 달라지며 외로운 존재임을 헤아리는 것, 각자도생과는 다른 독자적 삶의 배려이고 완수!랄까. 그러며 자연스럽게 만나고 헤어지는 것을 인간의 일로 여기는 것. 각기 다른 나무로 서 있을 것.

언어의 몸살,
관계의 몸살

신영복 선생의 저서에서 읽은 '입장의 동일함'을 갖는 관계야말로 '최고의 관계'라는 대목은 내가 희소하게 외울 수 있던 문장이었다. 살면서 이 문장이 갖는 진의를 내 깜냥으로 해석해 보지만 간단치 않은 화두 같은 것이었다. 살아보니 관계는 동일한 질량의 형태로 유지 존속되지 않는다는 걸 느끼곤 한다. 그 사람과 나 사이의 거리를 어떻게 측량해야 할지, 그와 내가 친구로서 동지 비슷한 관계로서 유지가 가능한지에 대한 난감한 현실과 마주치는 일들이 가끔 생긴다. 변이된 관계의 거리가 '동일한 입장'의 실재성이 무엇인지 쉼 없이 질문해 대는 것이다. 이 동일함은 어떤 형질로 이뤄진 것일까? 정치적 사회적 관점의 일치도 일부의 요건이겠지만, 관계의 거리를 주되게 관장하는 건 정서나 성격의 조화, 다가갈 수 있고 받아들이는 여백, 한 사람의 품이라 해도 좋을 한 인간의 총체성이 아닐까.

근자에 오랫동안 친하게 지낸 지인과 '그놈이 그놈 론'을 놓고 언쟁 아닌 언쟁을 높인 적이 있었다. 나는 그놈이 그놈인 것을 한 번도 본 적이 없으므로 언제나 이런 확정에 동의하지 않았고, 대화는 톤이 높아질 수밖에 없었다. 그 친구가 전례에 없던 이런 태도를 갖게 된 것의 연유도 시대적 상황과 맞닿아 있긴 한 것 같다. 비사실적인 정보의 과잉이나, 낙인효과가 파급된 예 같아서 대화는 난감하고 버거웠다. 한마디의 확정적 가설에 열 마디의 대응도 모자란 게 이러한 미시적 전선이다. 사실에도 편은 있지만, 못지않게 카더라 통신이나 반사실의 편에도 적지 않은 편이 있음을 생각하니 사태를 분별하는 언어는 늘 몸살을 앓을 수밖에 없음을 실감한다. 언어로부터 관계는 회복되거나 틀어지므로. 언어의 몸살은 관계의 몸살일 수밖에 없다.

진실은 상대적인 것이 아니라 실체적이며 객관적으로

존재하는 그 자체일 것인데 그놈이 그놈 론의 폐해는 사실과 진실에 대한 세밀한 탐색을 불필요한 짓으로 밀쳐낼 수밖에 없기 때문에 문제적이다. 이른바 '쿨'한 사람임을 드러내는 사람들에게서 나는 생산적인 회의보다는 냉소를 많이 느낀다. 회의는 성찰을 만나지만 냉소는 아무것도 낳지 못하는 불능 같이 느껴진다. 냉소는 차가운 동굴 같아 거기에 곁을 들이기가 버겁다. 이 사회는 말 아닌 말들에 환호하는, 사람 같지 않은 사람에게 기대하는 그런 병증이 깊어지고 있다. 누군가 내 정파성을 대의해 주는 것에 대한 후련함과 소속감을 느낀다. 나는 그런 양태보다는 평범한 사람들에게서 비범한 모습을 볼 때가, 다중에게서 이기심보다는 협력 본성을 마주칠 때 경이와 희망을 느낀다.

여하튼 극단적인 논거의 특징은 '확정과 구획'에 익숙하다는 것이다. 자신의 학습과 추적으로, 사태의 사실과 인간의 실재성을 헤아리려는 태도보다는 주장일 뿐인 스피커에 들려오는 소리들을 자신의 소리인양 여기게 되는 것, 그것이 군중의 맹신적 구호가 되는 순간 그것은 반지성이 되기 쉬울 것이다. 그런 현상들을 요즘처럼 심각하게 다면적으로 보여주는 예도 없었던 것 같다. 정치 종교 언론 사정기관 각종 이익집단들과 이른바 논객이라는 사람들의 엇비슷한 행태를 보며 도대체 저들의 타율이 1할을 넘을까 하는. 타율이 턱없이 낮은 4번 타자, 데드볼만 던지는 투수들 같다. 모르는 것은 모르는 것으로 남겨놓고, 메시지보다는 메신저의 삶의 이력을 추적해보는 게 진실에 가닿을 확률이 훨씬 높을 것이다.

논리가 승한 사람들은 어떠한 상황에서도 자기 확신에 찬 논리를 만들어 낸다. 자신의 논리와 주장의 오류가 명백해도 그것을 덮는 자기합리화의 논리를 진술한다. 논리에는 수십 가지의 출구와 알리바이가 있다. 사이비교가 논리의 비약으로 연명하고 죽지 않듯이 논리(논쟁)를 통해 이익을 얻으려는 시장판도 죽지 않는다.

그러나 왜 진실의 출구는 단 한 개의 문밖에 없는 것일까. 그 바늘 귀 같은 구멍을 포기하지 않고 어둠과 세찬 바람 속에서 그 구멍 속에 진실의 실을 꿰려는 고난을 지성이거나 양심이라 부를 수밖에 없는 것인가. 이렇게 보면 이렇고 저렇게 보면 저런 것은 인간의 사건일 수 없으리라. 우리는 내면에 있는 생각을 다 털어놓는 것을 솔직하다고 말한다. 말을 참는 것은 그럼 음험한 것인가. 솔직함으로 외면화된 거칠고 이기적인 언어들이 넘치는 세상이다. 말은 내 감정이나 인격뿐 아니라 타인의 그것까지 배인 것임을 헤아릴 의무가 있다. 하고 싶은 말을 다 하고 사는 것이 용기라고 말한다면 우리는 맨날 이전투구를 벗어나지 못할 것이다. 집에서도 그렇듯 하고 싶은 말을 참고 분별하는 것이 얼마나 평화에 이바지하는지를 늘 느낀다. 말을 못 참은 날들의 공기가 얼마나 답답한지를. 말을 참고 분별하여 말을 아끼는 지혜가 말을 참지 않는 용기(?)보다 훨씬 긴요한 시절이 아닐까. 나도 말을 못 참으며 내질렀던 내 성긴 언어들을 자성한다. 말로 이기고 싶은 현상들이 득세할 때 우리는 졸렬해지기 쉽다. '참고 참다 맨 마지막 터지는 말들'인 '시'에게 많이 미안한 시절이다.

(2020년)

탁구론

탁구를 친 지는 꽤 오랜 시간이다. 여느 남자애들처럼 공을 갖고 노는 걸 좋아했었다. 멀리 운동장에서 공 튀는 소리와 아이들의 환호성이 들리면 언덕배기에 있는 학교까지 걸어가질 못하고 늘 뛰어갔다. 공 소리는 늘 신나고 설렜다. 운동을 비교적 할 줄 아는 감각이 있어서 축구, 배구, 농구 같은 구기 종목을 보통의 사람들보다는 좀 했던 거 같다. 청소년기에 시골교회에서 예배가 끝나면 주보를 일일이 철심으로 써서 등사기로 인쇄하고 그다음에는 탁구를 쳤다. 그런 토요일 밤이 가장 설레고 좋았다. 다리가 불편한 젊은 목사님도 우리와 함께 노는 걸 좋아해서 죽이 잘 맞았다. 폼도 안 나는 이른바 '개탁구'였으나 통통 랠리하는 맛과 겨루는 맛이 너무 재밌었다. 넘겨주며 넘겨받는 그 맛이. 하느님보다는 사람들과 탁구가 좋아서 열성이었는지도 모르겠다.

도시에 올라와서 결혼을 하고 술을 먹다 보면 그 후리후리하던 몸매도 퉁퉁해졌고 그래서 헬스도 하고 뜀박질도 해봤지만 그건 자신과의 재미없는 싸움이었다. 무엇보다 고독했고 무슨 재미랄 게 없었다. 그래서 찾아간 것이 탁구였다. 그 세월이 근 이십여 년 되어간다. 2.7g의 작은 공은 오묘하다. 초보들은 이 작은 공을 다루는 게 너무 어렵다고 한다. 왜 튀어 나가고 안 맞는지, 세게 때려도 아무런 힘이 없는지. 잘 치는 사람들은 가장 간결하고 우아한 폼으로 가장 강력한 타구를 한다. 좋은 폼이 가장 강력한 실력을 만든다는 측면에서 스포츠도 분명 미학의 영역일 것이다. 친구들은 나이 들며 자주 골프 얘기를 한다. 나는 그 대화에 잘 끼지도 못하거니와 '자치기나 하던 녀석들'이 많이 컸다고 농이나 한다. 그러나 나는 이 가벼운 것들을 최선을 다해 넘기고 때리는 맛이 어떤 쾌감인지를 알기에 골프 같은 건 별반 궁금하지 않다. 땀이 너무 나서 얼굴을 닦느라 찰과상이 생길 정도고 땀은 퉁퉁하고 늘어진 얼굴을 좀 젊게 해주고 마음을 관대하게 해준다. 주독은 빠지고 근심도 가벼워진다.

탁구를 치다 보면 가장 좋은 상대는 끊임없이 받기 힘든 공을 넘기는 사람이다. 실력 있는 상대여서 나의 실력을 늘게 해주는 사람이다. 좋은 폼과 정법으로 꾸준히 쳐주는 사람이다. 이런 사람들에게 지는 것은 아무렇지도 않으나 폼은 개폼이고 변칙적인데 구력이 있어 게임 수가 만만치 않은 사람들에게 질 때는 스트레스도 받는다. 표면에 돌기가 돋아 있는 이질 러버를 사용하는 것이 규정상 아무런 문제가 없다. 그러나 생활체육에서 이런 이질적 장구를 사용하는 것은 서로 즐기기 위해서라기보다 승률을 속성으로 올리려는 편법 같아 내 성격에는 안 맞는다. 그 작은 공과 도구에도 인간의 성향이나 성격도 담겨 있는 것이리라. 아무리 작고 가벼운 공을 칠망정 마음은 농구공만은 해져야 한다고 주문을 건다. 집에 와서 소주보다는 도수 낮은 막걸리나 맥주를 한잔하면 말할 수 없이 시원하고 달달하다. 흰둥이는 당신만 먹지 말고 자기도 뭐 좀 달라고 가벼운 꼬리를 흔든다. 나는 막걸릿잔을 흰둥이 코앞에 갖다 대기도 하는데 정말 이 녀석은 한 잔 먹을 것처럼 코를 들이댈 때도 있다. 개가 술을 먹으면 어떤 개 주정을 하려나. 이 또한 미지의 영역이다. 나는 흰둥이에게 이렇게 말하곤 한다. "너는 나로 태어나고 나는 너로 태어나 한 생을 더 돌면 좋겠구나" 가벼운 공이, 도수 낮은 술이, 그리고 정겨운 꼬리털이 무거움에 찌든 내 몸을 네트 밖으로 통통 튕겨낸다. 그렇게 라켓 자루 썩히며 세월이 가더라도 어쩔 수 없다.

(2020년)

무논을 생각하며

슬픈 일을 겪으면 어딘가로 떠나고 싶은 마음이 생긴다. 다 보여줄 수 없어서 잠깐이라도 숨고 싶은 것일 테다. 흥성한 곳보다는 혼자 울기 좋은 오지 같은 곳, 아무리 많이 위로해줘도 스스로 더 울어야 할 시간이라는 게 있었다. 곳곳을 따져보다 지리산으로 갔다. 아내와 5학년이던 아들이 군말 없이 2박 3일의 여정 동안 참고 함께 걸어줬다. 오월의 지리산 둘레길을 천천히 걸었다. 내 고향과는 다른 정취를 품은 자연이 생경해서 좋았다. 찍어 놓은 사진을 보니 웃어 보려고 애쓰는 얼굴들이었다.

거기서 만난 가장 인상적인 경이로움은 다랑논이었다. 어떤 논은 이미 태초의 산으로 귀속되어 갖은 관목들이 자라고 있었지만 무엇보다 성벽처럼 큰 돌을 몇 층으로 쌓아 만든 논들이 유적처럼 경이로웠다. 저 무거운 돌들을 누가 이고 지고 날랐단 말인가. 저 산등성이를 삽과 괭이만으로 파고 골라 평지를 만들어 벼를 심었단 말인가. 그 논에 누대로 자랐을 자운영 꽃과 물을 가둬 써레질해 놓은 무논의 고요가 마치 지상의 것만은 아닌 것 같은, 천상에도 있어야 할 풍경 같았다. 그래서 생각했다. 죽고 사는 일의 무량함을, 저 논을 만든 이들의 행적은 어디로 사라진 것인지. 뒤돌아보면 산속에 몇 기의 무덤이 보이고, 남은 것은 오직 이 유적 같은 논 같은 것이리라고. 사는 동안 그저 일구고 심고 가꾸고 먹이다 늙고 병들어 사라지는 삶들이 도처에 흔한 돌처럼 쌓여 있음을. 그렇듯 목숨의 유적으로서 '무논'이 우리 앞에 있었다. 논은 언제 봐도 평온을 준다. 개구리 우는 무논도 좋지만 심은 모가 뿌리를 잡고 난 뒤 바람에 푸르게 흔들릴 때도 좋다. 벼가 누렇게 익어도 좋고 벼를 벤 가을 벌판도, 눈이 벼포기를 감싸고 살얼음 밟고 가는 겨울의 논도 다 좋다.

언젠가 내가 호라도 짓게 된다면 물이 가득 차 잔물결이 산벚꽃잎을 한쪽으로 밀고 가는 그런 논, '무논'이 어떨까 하는 생각을 한 적이 있다. 무론(無論)이라 해도 나쁘지 않겠다. 논리가 번성한 세상에서 논이 없다고 큰 흠이 될

까 싶은 까닭이다. 언젠가 운이 좋아 시골에라도 산다면 딱 서너 마지기의 논농사를 짓고 싶다. 먹을 만큼의 쌀과 몇 줌 나눠줄 쌀을 거두고 우렁이와 미꾸리도 살게 하고 싶다. 봄이면 자운영 꽃밭에서 그때 다 못 울었던 울음도 울고 그때 함께 걸어주고 등 두드려준 고마웠던 사람들에게 손가락 꽃반지라도 해줘야 할 것이 아닌가.

(2020년)

두 아버지에 대하여

사진이 없다

원고청탁서에는 아버지와 찍은 사진이 있으면 같이 첨부해 달라는 특기사항이 있었다. 사진이라? 곰곰 생각해 봐도 아버지와 찍은 사진 한 장이…… 없었다. 내가 몇 장의 사진을 찍어 드린 적은 있지만 나는 왜 아버지 곁에 없었을까? 아니, 아버지는 왜 내 곁에 없는 듯했을까?

아버지가 돌아가신 지 십수 년이 흘렀다. 나는 아버지가 돌아가시기 하루 전까지도 그와 불화하고 있었다. 그는 아픈 것을 잘 못 참는 사람이었다. 주삿바늘이나 침을 꽂을라치면 그냥 참고 버티지를 못했다. 병원에서 치료를 단념한 것도 폐렴 합병증이 온 그에게 주삿바늘을 꽂을 수 없어서였다. 정신을 다 놓지 않는 이상 새로운 주삿바늘을 꽂을 수 없었다. 간경화를 앓는 엄마가 그이의 신경질적인 시중을 40년 넘게 들었다. 엄마가 편히 밥상머리에 앉아 있는 걸 못 봤다. 짜면 짜서, 싱거우면 싱거워서 엄마는 소금이나 간장 종지를 나르느라 밥숟가락을 몇 번이고 내려놓아야 했다. 나는 엄마가 우리를 버리고서라도 가출이라도 하길 바랐다.

나는 한동네 사는 L이라는 친구가 부러웠다. 쇠죽을 끓이는 사랑채가 있는, 독립적인 공간이 있는 그 친구의 집에서 놀고 자고 오면 좋았다. 잔소리와, 들볶는 아버지의 목소리가 없는 집이어서. 성냄이 없는 느긋하고 잔잔한 목소리로 자식들과 농담까지 하며 웃는 그 부자가 부러웠다. 나는 지금도 그 친구를 만나면 그런 얘기를 하곤 하는데 자기는 아버지는 편하고 좋았는데 자식들 노는 꼴 못 보고 일 잘 부려 먹는 엄마가 힘들었노라 했다. 인간사 만복은 없다며 술잔을 부딪치며 웃었다.

아버지는 무슨 일을 도모하는 사람이 아니었다. 최악의 현실을 견딜 뿐 진취성이 없었다. 투전판과 술판을 들락거리며 늘 술에 취해 사립문 멀리서부터 해소 기침을 하며 술내와 담뱃진에 찌들어 돌아오셨다. 우리 형제들은 자다가도 일어나서 밥상머리에 앉아있어야 했다. 우리는 추운 겨울에도 문밖을 서성거려야 했다. 나는 지금도 저물 무렵 연기 냄새를 맡으면 마음이 쓸쓸해지고 외로워지는 병이 있다. 뭔가 불안한 심정을 억누르며 불화의 공기가 가득찬 집으로 들어갈 때, 그때는 늘 솔가리(솔잎) 연기가 피어오르는 저녁이었다. 들어가기에는 두렵고 가출할 수도 없는 단칸방, 나는 죄 없는 누이들에게 화풀이를 하기도 했고 누이들은 누이들은…….

자전거

아버지 돌아가시고 함께 자전거를 타는 꿈을 여러 번 꿨다. 내가 아버지를 자전거 짐칸에 태우고 간척지 제방길을 달리는 꿈이있다. 아버지는 무섭지 않았고 잔소리도 없이 내 등 뒤에 앉아 있었다. 어떤 대화도 없이 서로 앞뒤로 앉아서 자전거만 평화롭게 타는 꿈이었다. 중학교 때 나는 아버지에게 중고 자전거를 하나만 사달라고 졸랐다. 자전거가 있으면 면내의 중학교까지 차비도 아낄 수 있었고 십 리가 넘는 바다에 갯일을 하러 갈 때도 좋겠다 싶었다. 무엇보다 아버지가 자전거 사줬다는 자랑을 하고 싶었다. 허나 아버지는 사주마 하는 약속을 여러 번 했지만 끝내 약속을 지키지 않았다. 나는 지금도 약속을 지키지 않는 사람을 좋아하지 않는데, 그깟 중고 자전거 하나 사주지 않는 아버지는 내내 무능하고 이상한 사람이었다. 나는 이 아버지를 반면교사로 삼아야 사람처럼 살 수 있겠다 싶었다. 내가 어린 나이에도 자립을 꿈꾼 것은 기댈 곳 없다는 결핍 때문이었으리라. 아버지는 끝끝내 어떤 정형성으로 설명해야 할지 막막한 캐릭터. 생선살을 발라 자식들에게 먹이길 좋아하던 미담이 없는 건 아니지만, 못 사준 중고 자전거 대신 말년에 중고차를 사라며 얼마간 돈을 보태주기도 했지만, 돌아가시기 전 유언처럼 "엄마와 너희들에게 미안하다"며 내 눈물을 훔쳐가기도 했지만, 미담으로 포장하기엔 식구들에겐 허물이 너무 많은 사람.

나이를 먹고, 글을 써서 풀어놓으면 뭔가 앙금이 사라질 것 같았는데, 아버지처럼 몇 번의 실수를 하면 사라질 것도 같았는데, 당신은 사라지는 것도 새살처럼 돋는 것도 아닌 뭔가 불투명한 상태가 되어가는 것 같았다. 어떤 분석도 생각도 하지 않으려는 회색의 존재로. 내게 핏줄로서의 아버지는 같이 찍은 사진 한 장 없이 바래져 낡아가고 있는 중이다. 아버지와 내내 화평하지 못했으나 지극했던 엄마를 재작년에 아버지의 오른쪽 곁에 모셨다. 엄마가 다른 자리를 원한다면 선산이 아닌 곳도 알아보려 했지만 돌아가시기 전에 재차 물어보니 "내가 갈 디가 어딨다니?" 끝끝내 가출하지 못하던 엄마의 속내와 성정을 알 만 했다. 합장을 쓰며 다시는 싸우지도 말고 서러워도 마시라고 부대끼며 애써 일하지도 말라고 큰 돌덩이에 당신들의 이름과 우리들의 이름을 새겨 이불처럼 덮어 드렸다.

 # 또 다른 아버지

아내의 아버지를 처음 봤을 때 정말 나의 이상형이던 L의 아버지 같았다. 성냄이 없고 느긋하고 번저 해줄망정 요구하는 게 없었다. 우리가 부천에 살 때 서울 미아리서 부천까지 동네 사람처럼 드나들었다. 두 시간 거리를 어떤 때는 사골을 싸들고, 반찬을 싸들고, 혹은 손주들이 보고 싶다고, 동네 사람들은 한집에 사는 어른인 줄 알았다고 할 정도였다. 둘째 아이는 할아버지를 '아빠'라고 부르기도 했으니, 장인이 동네놀이터에서 잠깐 화장실에 간 사이 아이는 엉엉 울며 아빠! 아빠! 하며 대성통곡을 했다니……

머리가 허연 초로의 흰 머리 아빠가 나타나자 와락 안겨 울음을 그쳤다니. 아내는 이 아버지가 자신들을 대했던 일화를 들려주곤 했는데 딸이 초등학생이 되도록 무릎에 앉혀 밥을 먹여줬다고 한다. 정말로 화가 나면 손바닥 대거라! 그러며 성냥개비로 손바닥을 때렸다고 한다.

이 평화주의자였던 아버지와 십여 년 가까이 한집에서 살았다. 맞벌이하는 우리를 대신해 살림을 해주고 몸 성치 않고 잔걱정이 많은 장모님을 정성으로 살폈다. 나는 이 아버지에게서 많은 보살핌을 받았다. 내가 좋아한다고 고등어자반을 자주 구워주셨다. 밥상을 차려주고는 밥 먹는 식구들의 뒤태를 바라보길 좋아했던 아버지였다. 기실 본인도 암환자였다. 말년에 후두에서 혀까지 암이 번져 돌아가실 때 나는 친부가 돌아가실 때 못지않게 더 울었다. 앉지도 눕지도 못하는 자세로 고통을 앓던 임종 직전의 그이의 손을 잡고 울며 무언가를 약속했는데 그것은 나만 아는 결의 같은 것. 내 책상에 꽂혀 있는 내 시집도 다 읽고 말년에는 이런저런 책과 대하소설 『태백산맥』도 전권을 다 읽으셨다. 그이의 독후감이라도 들었어야 했는데 그것이 못내 아쉽다. 그는 초등학교도 채 마치지 못한 배움 병이 깊은 촌사람이자 좋은 할아버지, 아버지로 핍진하게 살다 원하던 남쪽 고향으로 돌아가지 못했다. 그는 내게 따뜻하게 구워진 '고등어'로 남아 있다.

아버지를 잃다

이 세상에는 핏줄로서의 아버지가 있고 정으로서의 아버지가 있다면, 어떤 아버지가 내 아버지일 뿐이라고 말할 수 있을까. 그럴 필요가 있을까. 가끔은 예민한 내 성정을 보면 내 안에 친부가 없다고 볼 수도 없는 것 같고, 눈물이 헤픈 것이나 외모를 보면 모계를 더 닮은 것이 분명한 것 같다. 그러다 나보다 늦게 들어오는 아내를 생각하며 설거지를 하고 밥상을 차릴 때는 장인이 내 안에 사는 것 같기도 하다. 성인이 된 아이들에게 술 심부름을 시키고 싶을 때가 있다. 물로는 해갈이 되지 않는 목마름이 나이가 들수록 생긴다. 회한이라는 질환인지도 모르겠다. 나는 큰 소주병을 들고 막걸리 심부름을 많이 다녔었다. 아이들은 바로 앞 편의점 심부름도 뭔가의 대가를 지불해주지 않으면 안 가려 한다. 아버지처럼 심부름을 강요하지 못하는 끼인 세대가 된 것은 조금은 쓸쓸하고 억울하기도 하다. 한 세대가 소멸해 가고 나도 이미 누군가의 선대이고 언제가 후대를 뒤에 두고 갈 것이다. 내가 혈육이던 아버지에 대한 불경한 회한을 적듯이 저 녀석들의 기록 속에 어떤 추문이 있을지는 모를 일이다. 너희들은 부디 씁쓸한 글을 쓰지 말기를! 저 녀석들도 언젠가 물과 음료수가 다 해갈하지 못하는 삶의 목마름, 인생의 회한이 있다는 걸 무의식 속에서 눈치채며 술잔을 들이켜겠지. 이 글을 버겁게 써놓고 보니 아버지를 쓴다는 건 아버지를 앓는 일 같다. 산문으로서는 은유가 더더욱 불가능할 수밖에 없기에 자해 같기도 하다.

(《대산문화》 2019년)

너는 어디로 가는가

사흘 밤낮 사경을 헤매는 너를 보며 구원의 힘이 있다면 나는 어떤 신(神)이든 개의치 않고 무릎 꿇고 순종하겠노라 울며 고백할 수밖에 없었다. 마지막 숨이 그쳤을 때 너의 손은 따뜻했고 내 눈앞에는 이 불쌍한 아이를 이끄는 천사나 악귀는 보이지 않았다. 발을 동동 구르며 오열하는 형제들과 친구들뿐이었다. 아직 영문도 모르는 귀어둔 어머니가 오시고 있는 중이었다.

누가 너의 소멸을 이야기해줄 것인가? 효심 깊었고 누구에게나 사려가 넘쳤고 따뜻했던 미정이를. 내가 불러 서울에 올라왔던 아이, 갖은 고생 다 하다 어머니 챙겨야 한다고 결혼도 남의 일인 양 미룬 이 아가씨를, 마트에서 산 방울토마토와 바나나, 수의가 된 감색티셔츠 그리고 커피와 물 몇 병을 제수처럼 남기고 오토바이에 치여 쓰러진 아이를, 누가 이 체제에서 빈번한 이 불운과 소멸을 기억해 주려나?

나는 막내 여동생의 마지막 길을 뒤따라가 보았다. 지난 겨울, 둘이서 마지막으로 저녁을 먹었던 짜장면집 삼청각에서 시작해 용산역사 지하 마트를 지나 보증금을 두 배를 올려달라는 전셋집에서 이사해서는 채 한 달도 살지 못한 셋방으로 가던 그 마지막 귀갓길을, 갖은 소음과 분주한 사람들, 황량한 건물들이 살풍경인 도심 길을, 뒤쫓아 마지막 건너지 말아야 할 그 길 앞에서, 너를 가로막고 손을 잡아보았다. 건너지 마라! 건너지 마라! 너는 내 몸을 뚫고 지나간다. 그리고는 푹 쓰러진다. 세상의 욕망과 속도에 맞지 않는 보폭과 마음을 가졌던 깊은 눈의 아가씨야.

산에 가면 진달래 산수유 그윽하고 골목에 목련이 환할수록, 볕이 따사로울수록, 나는 그 피어나고 향기롭고 밝은 것이 많아서 서러워진다. '사는 일이 다 이렇지'라고 하기엔, 생과 사가 너무 가까이 있어 모든 산 것들, 밝고 맑은 것들이 불안해진다. '같은 가지에 나고서도 가는 곳 모르겠구나' 천 년을 거스른 선사의 비가는 마른 잎처럼 심장을 쓰라리게 비벼댄다. 너는 곳곳에 이팝꽃처럼 피어나 웃고 있는데, 먼저 떨어진 나뭇잎은 무겁고 축축해서 불쌍하기만 해서 이깟 눈물로는 흘려보내지지 않는다.

(2011년)

어떤 인연들

막내가 오지 않는 명절은 예전의 명절일 수 없었다. 기름 냄새가 지글지글 퍼져도 식욕이 돋지 않았다. 보름이 내일이거나 초하루가 내일이어도 달도 서럽고 별도 서러운 것이었다. 마지막 군내버스에서 양손에 선물 짐을 버겁게 들고 내리는 환영이 오래도록 떠나지 않았다. 차례상을 하나 더 차려야 하는 일은, 젊은 고모 앞에서 절을 하는 내 아이들의 등을 바라보는 일은 아무리 반복돼도 익숙해지지 않았다. 어머니는 몇 년 동안 그 제상 앞에서 통곡을 하셨고 식구들도 울음을 참으며 울고 마는 명절이었다. 이 황망한 별리를 겪고 나서는 명절은 설레는 기다림이 아니었다.

그때 슬픔의 짐을 덜어준 사람들이 적지 않은데 그중에 아련히 생각나는 가족이 있다. 막내 장례식 때 장지까지 와 준 누이의 친구와 가족을 잊을 수 없다. 우리가 일가친척이 많지 않은 집안이어서 화장장까지 동행하는 사람들이 많지 않았는데 그 친구는 남편과 여섯 살짜리 여자아이를 데리고 와서는 장례식 끝까지 식구처럼 동행하며 울어주었다. 그 참혹하고 암담할 때 눈빛과 눈물의 동질성을 만나는 일이 얼마나 큰 위안이던지. 온 식구를 데려와 함께 서러워해 준 저런 친구 하나 있다면 가는 길일망정 덜 서러울 것 같았다. 영문도 잘 모른 체 응석 부림도 없이 엄마 아빠를 쫓아와 그 버거운 정경을 마주한 꼬마도 지금은 청소년이 되었을 것이다. 그 가족들의 안부가 궁금해 가끔 동생을 통해 안부를 묻기도 하고 시집을 보내주기도 했다. 잘 받았다며 자기가 가장 좋아했던 친구를 잊지 않고 시 속에 기록(기억)해줘서 고맙다는 짧지 않은 답신을 전해 받았다. 그러나 그 말은 정작 내가 그 친구에게 꼭 하고 싶은 말이었다. 시를 게으르게 쓰며 회의할 때도 많지만 이런 전언을 듣는 것이 어떤 상이나 독려를 받는 일보다 위안이 되는 일이었다. 동일한 경험에 소속된 유대감이란 무엇인가.

단 몇 사람이라도 내가 애통해하는 마음과 일치하고 결연되어 있음을 알았을 때 더욱더 일어나 살아갈 힘을 얻는다는 걸 느낀다. 물 먹은 밧줄 같던 인연의 무거움도 언젠가 실처럼 얇아질 것을 안다. 그 가느다란 거미줄에도 장력이 있고 이슬방울이 맺히고 바람에 흔들려도 거기에 연결된 마음이란 것이 죽는 날까지 끊어지지 않을 것이란 것도. 그 실핏줄에는 산 자와 죽은 자가 한 식구의 거미처럼 매달려 있다.

(2018년)

고향을 짓는
꿈

시는 가족사를 비켜가기가 힘든 것이었다. 신파가 되지 않으려고 최대한 노력하지만 감정의 노출은 불가피하다. 핏줄은 관념의 영역이 아니라 언제나 되살아오는 실체와 실감의 영역이다. 어떤 독자가 한마디로 평했듯이 내 시에는 회한 같은 게 많다. 짠 내 없는 밋밋한 것들은 왠지 시적인 것이 아닌 것처럼 느끼던 날도 있었다. 그러나 우리가 회한을 염원하고 살아서 회한이 써지는 것은 아니다. 마음의 잔영이 가시지 않기 때문에 묵화 같은 글들이 써질 것이다. 고향이나 핏줄들은 안온한 추억만을 회고시키지 않는다. 서럽고 우울했던 일들은 늘 평온했던 일보다 돌출되고 등허리를 쑤신다. 아버지 돌아가시고 안방에 걸린 깡마른 아버지의 초상을 나는 방바닥에 뒤집어 내려놓곤 했다. 초상을 그린 이가 덜 아버지답게 포토샵이라도 해줬더라면 그러지 않았을지도 모른다. 그 방에서 살다 그 방에서 돌아가신 아버지, 병원에서 퇴원했으나 아버지는 마당에서 집안으로 걸어 들어갈 기력도 없었다. 차가 닿는 큰길에서 방까지 업어서 침대에 뉘어 놓고 귀경하는 내게 아버지는 너 이제 가면 다시는 못 보겠구나 엄마에게 너희들에게 미안하다…… 생전 들어본 적 없는 자조적인 어투와 맥 빠진 억양으로 탄식을 하듯 낮게 말씀하셨다. 그러며 아프고 늙고 아무 잔소리도 못할 육신이 침대 아래로 꺼져 들어갔다. 나는 그 말이 아버지의 마지막 유언임을 직감했고 고속도로에 들어서서 30분 넘게 통곡하듯 울며 운전했다. 그 다음 날 부음이 들려왔다.

사진을 보며 감상에 젖을 때가 많다. 사진은 시간의 때가 묻어 있다. 사진만 남은 부모님들의 무거운 무게도, 아이들의 가벼운 무게도 다 사라졌다. 내가 목말을 태우고 번쩍 들어 올려도 가볍던 무게들은 어디로 사라진 것일까. 왜 이리 가벼운 무게들이 무겁게 그리운 걸까. 코스모스가 활짝 핀 가을날 사진기를 목에 걸고 사진으로 남은 누이의 맑은 웃음을 보는 일도 그렇다. 어디서 목소리가 환청처럼 들리는데, 하늘이 티 없이 맑은 날이 더 서럽다는 걸 안 것이 십 년이 채 되지 않는다. 비 오는 날에 마음이 가라앉는 게 아니라 맑은 햇살과 떠도는 구름을 보면 기분이 내려앉고 눈이 시큰할 때가 있다. 햇살은 와서 박혀서 '살'이라는 듯. 하늘이 맑으니까 그 넓은 공간에 세월이 사람들이 구름처럼 꽉 차서 흘러간다. 맑은 하늘은 무심한 여백이 아니라 꽉 찬 과거들로 가득 차 온다.

시골집 뒤란에는 시누대가 빽빽했는데 봄이면 솟아나는 죽순처럼 슬픔은 늘 뾰족하게 돋아났다. 베어내도 베어내도 시누대의 영역은 처마까지 밀려왔다. 사람들은 왜 고향집을 파느냐고 물었지만 나는 아무래도 고향집을 극복할 자신이 없다. 번져오는 시누대의 뿌리까지 죽일 자신이 없다. 아무 일도 없었던 것처럼 살 수가 없다. 거기에 누워 있으면 떠오르는 환영을, 거기서 조금 웃고 많이 울었던 일들을 거기에 누운 채로 회고하기 버겁다. 가능하다면 다시금 고향을 짓고 싶다. 한 번도 살아보지 않은 곳에서 내가 시조라도 되어 짓고 싶다. 돌아오지 않는 사람도, 끙끙 앓는 몸들도 없는 그런 새로운 고향을.

(2020년)

문어
(文魚)

문어는 말 그대로 인문적인 영감을 주는 생물이다. 무척추 연체동물이지만 두뇌가 영민하고 위장술, 사냥술이 뛰어나다는 정도만 알고 있었다. 일부 지방에서는 제사상에 올리는 제물이기도 하고, 고급스런 술안주이기도 하고 가끔 그것이 먹고 싶다는 생각만 가졌을 뿐인데, 다큐영화 한 편을 본 뒤로 문어에게 먹물을 쐰 듯 가슴이 먹먹해졌다. 이 자연다큐는 남아프리카공화국 웨스턴 케이프주에서 나고 자란 그레이크 라는 전직 자연다큐 영상 전문가의 귀향으로부터 시작된다. 그는 아프리카의 원시 부족들의 사냥술을 취재하며 어떤 영감을 얻는다. 사냥꾼들은 생명체들이 남긴 미세한 흔적과 현상들을 통해 동물들을 뒤쫓는다. 그레이크는 잦은 해외촬영에 지쳐 심신에 병이 오고 가족들과 소원해졌다는 생각에 하던 일에 회의를 느낀다. 그가 어릴 적 살던 집은 파도가 심할 때는 집 안까지 물이 들이치는 '폭풍의 곶'이라는 해변이었고 그는 수영과 바다 생명들에 익숙하다.

하던 일을 접고 귀향한 그는 그 아름다운 조간대 다시마숲이 (마치 크고 길쭉한 활엽수림이 너울대는 듯한) 천상의 풍경 같은 바닷속을 산소통도 없이 잠수하다가 우연히 별반 크지 않은 왜문어 한 마리를 만난다. 처음에 본 문어는 각종 패각류의 껍질을 뒤집어쓴 채 어떤 위장을 하는 중이었고, 다른 물고기들도 신기하다는 듯 그 주변을 배회하고 있었다. 그레이크는 우연히, 그러나 유심히 문어의 행동을 살피고, 잠시 뒤 문어는 그 껍질들을 벗고 먹물을 내뿜으며 달아난다. 그레이크는 문어에게 뭔가 배울 게 있겠다는 직관을 얻는다. 그러며 날마다 바닷속에 들어가 문어를 찾는다. 바닷속에는 문어의 천적인 줄무늬 상어가 군집하며 살고 있고 대왕문어도 아닌 작은 문어로서는 늘 도망치고 은신해야만 한다. 그레이크는 날마다 문어 앞에 얼굴을 대고 친교를 시도한다. 마침내 경계심을 벗은 문어는 그에게 손을 내민다. 문어는 2,000개의 빨판이 있고 다리는 여덟 개다. 그 많은 빨판은 독립적으로 다른 동작을 할 수도 있다. 그러니까 손을 내민 것이 맞는 표현일 것이다.

그렇게 서로의 거리가 가까울 즘에 그레이크는 참혹한 광경을 목격한다. 바로 상어의 습격이다. 좁은 굴속에 급히 숨었지만 문어의 다리 한 개는 잘려 줄무늬상어의 입 속에서 꿈틀거렸다. 그레이크는 놀라며 근심하며 상태를 살폈다. 큰 상처를 입은 문어는 기진맥진한 채 아무런 도움도 없이 며칠을 버텼고 마침내 기력을 차렸다. 그레이크는 그 원시의 상태에 개입하지 않으려 했지만 유일하게 홍합 한 개를 까서 문어 앞에 놓아둔다. 다행히 잘려진 다리에서 다시금 작은 다리가 자라나고 있었다. 이 사례는 상어에게 크게 당한 사례지만 영민하게 피해 간 장면도 아주 극적이다. 패각껍질로 위장하기도 하고 다시마 잎에 몸을 감싸고 숨어도 상어는 끈질기게 냄새를 쫓는다. 자신이 어쩔 수 없이 풍기는 냄새야말로 생물들의 가장 큰 위험요인인 것이다. 상어의 아가리 속에 거의 들어갔던 문어는 홀연 화면 속에서 사라지고, 그레이크는 너무 놀라 다시금 영상을 찍어보니 글쎄 그 문어는 상어의 등에 앉아 있었다. 가장 안전한 피난처가 천적의 등이었다. 등에 무엇이 탔는지도 감각하지 못하는 상어는 그냥 유영을 할 뿐이고 문어는 은신처 가까이 오자, 상어의 등에서 잽싸게 내려 숨어버린다. 이 장면에서 나는 카타르시스를 느끼지 않을 수 없었다.

은둔형 비사회적 생물인 문어와 그레이크는 갈수록 가까워지고 그 둘은 물속에서 같이 헤엄치며 놀기도 하고, 문어는 춤추듯 노는 일도 벌인다. 마침내 문어는 스스로 다가와 그레이크의 품 안에 안긴다. 어쩌면 문어가 안아준 것일 수도 있으리라. 그레이크가 문어를 쓰다듬고 짝 달라붙은 문어가 눈을 지그시 감는 그 장면은 정말 경이롭고 뭉클한 장면이었다, 문어는 엄마 품에 안긴 아기 같았다. 종이 종을 뛰어넘는 유사 이래 단 한 번도 경험치 못한 교유였을 것이다. 시간이 흐르고 둘이 만난 지 324일이 되던 날, 그레이크는 어떤 축복과 불안감이 교차되는 특별한 장면을 목격한다. 암컷이었던 이 문어에게도 짝이 생겼고 그 둘은 짝짓기에 열중이었다. 문어는 자신의 은신처에 들어가 알을 낳고 그 알만을 지킨다. 먹이 활동도 하지 않고 기력이 쇠하고 말라 간다. 그레이크는 이미 공부한 지식으로 알고 있었다. 이 생명의 미래를. 새끼들이 부화할 날에 맞춰 이 문어가 자연으로 흔적도 없이 돌아갈 것이란 걸. 바닥을 잡을 힘도 없는 문어는, 빨판의 힘이 일체 사라진 문어는 굴 밖으로 휩쓸려 나오고, 이 순간을 기다렸다는 듯 모든 그 바다의 생명체들이 그 살을 뜯어간다. 마침내 해질 대로 해진 문어의 유체를 다 물고 가는 건 줄무늬상어. 그레이크가 이 장면을 말할 때 눈빛은 울고 있었다. 자신이 그 생태계의 질서에 간섭해선 안 된다는 불문율을 지키기 위해 그냥 두고 보기만 했던 것이다.

그레이크와 아들 톰은 다시금 그 바다에 들어가 문어의 흔적을 찾는다. 얼마 뒤 그들은 문어 새끼 한 마리를 가까스로 찾는다. 아마도 자신의 친구였던 문어의 새끼였을, 수십만 개의 알을 낳지만 대부분은 잡아먹히고 살아난 희소한 자손일 것이다. 그레이크는 이 아름다운 추억의 바다를 지키기 위해 조간대 다시마숲을 지키는 잠수부들의 모임을 주동하고 그런 활동을 이어가고 그들이 바다 위를 유영하는 아름다운 장면을 끝으로 영화는 끝난다. 영상미와 리얼리티가 구체적이며 아름다우며 곡진한 영화였다. 나는 짧은 시간 문어를 생각하면서도 문어만을 오래 생각할 수 없다는 것도 생각했다. 문어를 먹거나 안 먹겠다는 생각보다는, 생각이라도 하고 먹는 것과 생각 없이 먹는 일의 다름이 무엇일까를 생각했다.

어릴 적 키우던 개를 생각했다. 어느 해 여름 그 녀석이 없어져 찾았더니 동네 어른들이 가부시키를 했다고 했다.(이 말의 어원도 찾아보지 않고 입말로 그냥 쓴다) 어른들이 목매달아 불에 그슬려 잡았다고 했다. 다들 그것이 풍속이었고 삶이었으니 오늘날의 관점으로만 비평할 수는 없는 일이나. 나는 제법 울었고 저녁 밥상에 기름이 둥둥 뜬 벌건 국 한 사발이 올라왔다. 냄새와 형태만으로 그 음식이 이름도 붙여준 적 없는, 혹은 메리라고 했을지도 모를 한두 해 데리고 살던 그 녀석이었음을 알았고 나는 이미 눈물이 그쳐 있었다. 찝찝하게 첫술을 뜨고 잠깐 동안 내 울음의 연유와 사라진 녀석의 눈망울을 떠올렸지만 그러나 다 먹고야 말았다. 다시금 그런 상황이 온다면 나는…… 그 밥상 앞에 앉지 않았을 것이다. 녀석의 목줄을 풀어 아무도 못 찾는 숲속에라도 풀어줬을 것이다. 다시 돌아오더라도…… 이 영화의 원제는 〈My Octopus Teacher〉이다. 나의 문어 선생님, 이 세상의 많고도 흔한 지금도 우리가 너무 자주 먹고 많이 먹는, 먹을 수밖에 없지만 덜 먹었으면 좋을, 선생님들의 명복을 빈다.

(2020년)

목줄

공공장소에서 개의 목줄을 채우지 않으면 과태료를 부과한다. 도시에 사는 개들은 마땅히 뛰어놀 공간이 없어 불쌍하고, 시골에서 예전의 방식으로 키우던 개들은 묶여 있어서 측은하다. 하다못해 아파트 어린이 놀이터도 출입 금지고 학교운동장도 그렇다. 공원의 잔디밭이나 국립공원도 그렇다. 개는 출입금지! 나는 이런 규율이 마땅치는 않지만 최대한 따르며 사람이 없는 곳에서는 살짝 줄을 풀어줄 때도 있다.

개도 사람처럼 많고 많은 인간의 규율 속에서 살아야 한다. 흰둥이에게 처음에는 목줄을 채웠다. 생각해보면 못할 짓이었다. 나보다 열 배는 큰 어떤 짐승이 내 목울대를 잡아챈다고 생각하면, 무척 고통스러울 것이다. 이런 타자의 관점을 이해하게 된 것도 다 시행착오를 겪은 뒤의 깨달음 때문이다. 이제는 가슴줄이라는 것이 있어서 보다 안 아프고 안전하게 산책을 시킬 수가 있다. 개의 목줄을 2미터 넘게 잡고 있어도 안 된다. 그것이 개와 사람이 안전하게 공존할 수 있는 고육지책일 것이다. 개에게 사람이 물리고 개가 개를 무는 사고들은 뉴스가 된다. 사람이 개를 물면 더 큰 뉴스가 될 것이다. 맹견을 키우는 사람들이 제법 있다. 개를 물고 사람을 무는 개들은 자체의 야수성도 있지만 묶이고 갇혀 살아야 하는 억압된 환경이 요인이기도 할 터이다. 과연 이 도시에서 맹견을 키우는 것이 적절한가 하는 의문이 있지만 그들도 내가 흰둥이를 버릴 수 없듯 그 생명들을 품고 공생하고자 할 것이다.

개의 성격도 주인을 닮는다는 말이 있다. 우리 집 개는 아무튼 나와 아내를 절반씩 닮은 것 같기도 하다. 어느 조용한 시골 마을에 여행 갔다가 쇠창살에 갇힌 송아지만한 개들이 짖기 시작하는데 온 동네가 개소리로 들끓었다. 그것은 고향의 소리가 아니라, 배타적인 경계령 같이 느껴졌다. 어떤 생명이 내는 소리든 영역을 뛰어넘는 소리는 소음일 것이고 이것은 냄새처럼 오래 각인된다. 이 귀청 떨어지는 개소리를 만드는 주체도 사람이다. 개를 좋아한다고 해서 모든 개가 좋아지는 것도 아닌 것 같았다. 개마다 성격도 다르니 사람을 사귀는 것과 무엇이 다르겠는가. 개는 너른 마당이나 풀밭을 좋아한다. 목줄을 벗고 털을 날리며 말처럼 달리는 개를 보면 나도 해방감을 느낀다. 달리는 개들이 환하게 웃으면 보는 사람도 따라 웃게 된다. 산책을 하다 보면 사람들은 나를 보고는 먼저 웃지 않지만 흰둥이를 보면 많이 웃어준다. 그러며 내게도 말을 건넨다. 내가 못 해주는 일을 흰둥이는 존재 자체로 큰일을 하고 있다. 저 생명이 어떻게 우리 곁에 와 식구처럼 사는지를 생각해 보면 전생에 억만 겁의 인연이 있었을지도 모르겠다, 생각되기도 한다.

내가 일하고 온 날은 그냥 반갑게 안기지만, 놀고 온 날은 나를 막 혼낼 때가 있다. 왜 당신만 놀다 왔느냐고 몇 분간을 격하게 짖어대며 혼내기도 한다. 코를 킁킁대며 탐정처럼 흔적을 찾는 개를 보면 사찰받는 두려움이 일기도 하고, 사람에게는 숨겨도 개에게는 숨길 수 없는 것이 훨씬 많으려니 짐작해 보기도 한다. 일전에 시골에 갔다가 자신이 싼 똥을 먹는 개를 보았다. 사람들은 녀석을 똥개라고 부를 것이다. 그러나 개는 자신이 잠자는 공간 주변이 더러운 것을 싫어한다. 주인이 똥을 치워주지 않으면 먹어서 그 똥을 치우는 것이라고도 한다. 똥을 베고 자는 개를 본 적이 없으니까 이 가설이 맞으리라 본다. 이 사회는 여전히 개의 식육 문제로 논쟁 중이다. 너희는 돼지도 먹고 닭도 먹고 소도 먹으면서 왜 개만 먹으면 안 된다고 하느냐, 라는 논리는 최소한 포털 여론에서는 다수의 견해인 것 같다. 다른 건 몰라도 어떤 개도 그렇게 똥무더기 속에서, 뜬장이라 불리는 바닥에 벌집 같은 사육장에서 제대로 서 있지도 못해 다리가 뒤틀리고 썩은 음식까지 먹어야 하는 그러한 지옥 같은 창살 안에서, 살려고 태어나지는 않았을 것은 분명하다. 동물을 학대하는 사람이 인간에게도 범죄를 벌일 확률이 압도적으로 높다는 연구결과도 있다. 개를 키우다 보니 키우는 일이 만만치 않지만 개가 주는 영감과 위안이 많다. 마음을 주면 더 기특한 마음을 준다는 것, 평온한 유대감을 준다는 것, 심지어 글도 주고 시도 주지 않던가. 내 안에도 개와 다를 바 없는 성정과 본능도 있기에 나는 개를 배타할 수가 없다. 이미 함께 살며 알아버린 개를 모른 체할 수가 없다. 이제 목줄로 시작했으니 목줄로 끝내야 할 때가 되었다. 나에게도 생활이라는 목줄이 채워져 있다. 소속된 일들의, 거처의, 책임의 반경을 벗어날 수 없다. 나의 목줄을 쥔 주인이 누구인지 정확히 말할 수도 없다. 그러므로 나는 깨달아 갈 뿐이다. 우리의 목줄이나 명줄이 개보다 조금 더 길 뿐이라고.

(2019년)

2부

수인에게 부치는 편지 1*

— 김○○ 님께

반갑습니다. 저는 ○○도서관과 인연이 되어 ○○ 님을 만나게 된 시 쓰는 M이라고 합니다. 실명을 밝히지 못함은 경계함보다는 낯선 상황을 마주하는 제 방식이기도 하고, 얼마간이라도 소통하는 데 익명성이 나쁘지 않을 것 같기도 했습니다. 정성스럽게 쓴 손글씨 편지와 시편들 잘 받았습니다. 서체에서 풍겨 나오는 단정함이 ○○ 님의 성격일 것 같다고 생각해보면서 제가 손편지를 써서 보낸 적이 언제던가 까마득히 헤아려 보기도 했습니다. 이미 자판을 쓰는 감각으로 발달해버려서 손글씨를 쓰면 오히려 머릿속이 막혀버리는지라 부득이 이렇게나마 답신 드립니다.

* 모 도서관으로부터 교도소에 수감된 수인으로부터 시를 배우고 싶다는 편지가 왔다며, 내게 그 젊은 수인과 시에 대한 교류를 할 수 있겠냐는 부탁이 있었다. 세 번의 편지를 주고 받았다.

○○ 님의 굴곡진 인생사, 본인의 말대로 순간의 실수로 영어의 몸이 된 상황이 참 안타깝기만 합니다. 자신의 결핍을 누군가 공격할 때 평정심으로 마주하기란 쉽지 않은 일이지요. 저는 영화 〈밀양〉이나 〈시〉에 나오는 '죄'에 대한 질문을 다룬 영화를 보며 이런저런 생각을 하기도 했고, 시 강의를 할 때 영화를 인용해 토론하기도 했었는데요. 영화를 보셨는지 모르겠지만, 우리의 지성은 늘 피해자의 편이어야 한다는 것만큼은 잊지 않습니다. 용서의 주체는 가해자의 결정이 아니라, 피해자의 몫이고 가해자는 끊임없이 진정을 다해 용서를 구하고 또 구하는 것이 아니어야 할까 생각해 보곤 하였습니다. 죄가 용서되는 시점은 형기가 아니라 영구적인 마음과 태도의 문제가 아닐까 하는 것입니다.

제가 ○○ 님의 편지와 시를 읽으면서 스스로에 대한 자책과 자성으로 답답한 하루하루를 견디는 태도가 미덥기도 하고 갇힌 자의 고뇌를 순간이나마 공감하기도 해봅니다. 그러나 내가 누군가가 될 수 없듯이 자신의 운명은 자신의 것이란 측면에서 저는 작은 조력도 되지 못할 것을 압니다. 이 세상에는 드러난 죄들만 심판받곤 하지요.

대부분의 사람들은 소소하게 혹은 크게 드러나지 않는 잘못을 저장해두고 살고 있기도 하지요. 얼굴의 흉터 같은 삶의 결핍과 아픔은 누구에게나 있을 것입니다.

○○ 님이 누차 말한 어머니의 애잔한 모습을 떠올리며 시를 읽어봅니다. 저도 운신하기도 힘든 노모가 있지요. ○○ 님보다 여러 살 더 많은 자식도 있습니다. 시는 어쩌면 편지의 내용보다 더 많은 자아의 현재가 드러나 있군요. 시는 은유를 통해 더 많은 고백을 하는 장르이기도 하지요. 진흙 바닥을 밟으며 그 흙바닥을 자신과 동일시하는 묘사가 인상적이었어요.** 자신의 인생을 '켜지지 않은 적이 없는 전구'***라는 비유도요. 심오한 것은 아니지만 평범하지만은 않은 시상을 엿봤습니다. #'열심히 살았어도 아무것도 되어 있지 않은 죄' #'용서를 빌어야 할 두 손만 남아'버렸다는 (평범치 않은) 고해도 밑줄 긋게 하였습니다.

이 두 가지가 시를 이루는 핵심적 요소인데 ○○ 님이 초급적인 시의 원리를 어느 정도 이해하며 시를 쓰는 것

** 어떤 구체적인 사물의 묘사를 통해 a=b다라고 말하는 방식

*** #문장으로서 시적인 말들을 이루어내는 방식

같다고 생각했어요. 무엇보다 시는 자신의 절절함과 절제가 동시에 구현해야 하는 것이기도 하지요. 나아가 시 쓰기를 통해 세상(자연과 인간사회)을 더 깊이 인식하고 연결된 것들을 볼 수 있다면 더 좋은 시를 쓸 수 있겠지요.

제가 초면에 장황한 얘기를 쓸 수는 없을 것 같습니다. 제게 몇 가지 질문을 하셨지요? 먼저 저는 정규적인 문학공부를 한 사람은 아닙니다. 전업시인도 아니고요. 우연한 기회에 시를 접하고 시인이 돼보겠다고 작심을 했지요. 스무 살 무렵이었나 봅니다. 저는 늘 벌어먹고 살아야 하는 가운데서 시를 써야 했습니다. 시를 마주하는 시간은 그것만 궁리하는 사람보다 부족할 수 있지만, 기술의 측면에서도 모자랄 수 있지만 그렇게 살아도 시가 되고 쓸 수 있다는 마음만은 놓지 않았습니다. 자신의 부끄러움과 이것저것 경쟁조차 되지 않는 모자람, 자긍을 함께 갖으며 말입니다. 가족을 부양하고 재미없는 노동을 하는 일상에서 권태와 피로를 느낄 때가 적지 않습니다. 행복감을 느낄 때보다 그냥 관성적으로 살아지는 고단한 상태가 더 많은 것 같습니다.

시 때문에 행복과 성취감을 느끼기도 하지만 요즘 말

로 시가 힐링만을 주는 것은 절대 아닙니다. 독자에게 위로를 줄 때도 자신은 고통의 경험을 치러야 하니까요. 시를 쓰면 쓸수록 알면 알수록 스트레스를 더 받기도 합니다. 책임감이란 것은 늘 즐길 수 있는 것만은 아니니까요. 시는 고백하며 고뇌를 드러내는 장르라서 자신의 내면과 삶을 드러낼 수밖에 없지요. 숨겨도 알몸이 된다 할까요. 어떻게 살든 누구에게나 독창적인 내면과 인식이 있고 평범한 것 속에서 비범한 상상을 할 수 있는 것이지요. 자신의 일상에 머무르지 않고 시적인 삶이 무엇인가. 질문하며 실행해야 합니다. 시를 쓰는 이라면 끊임없이 이런 시적인 삶을 궁리해야 합니다. 시는 제 자신의 위선과 싸워야 합니다.

시 쓰기는 독학과 자습의 길이어도 됩니다. 누군가의 작품으로부터 좋은 영향을 받고 필사하고 모방하는 것도 필요합니다. 궁극적으로 자기 것을 만들면 됩니다. 무엇보다 조급함을 경계하며 진지하게 배우고 수행하고 천천히 목표를 이루겠다는 여유 있는 마음이 필요합니다. 어떤 단체에 가입해서 조력 받기란 쉽지 않습니다. 시를 좋아하고 습작한다고 해서 작가단체 같은 경우는 입회를 시켜주진 않습니다. 등단이라는 제도가 있어 문예지나 신춘문예 각종 공모 수상 이력, 개인작품집 출간 이력이 있어야 가능하기도 하지요. 물론 지역별로 있는 문학동아리는 가입 가능할 것입니다. 그러나 그런 방식을 먼저 찾기보다는 먼저 시집을 두루 많이 읽고 습작 양을 늘려서 어디에 공모라도 해볼 수 있는 작품들을 써놓는 게 필요합니다. 물론 그 작품의 수준과 평가는 전문가를 통해 확인된다면 더 좋겠지요. 시인이 되는 것은 조급한 것도 아니고 그럴 이유도 없습니다. 시를 더 많이 이해하고 좋아하는 시간을 충분히 갖으시길요, 그런 다음 이런 네트워크를 궁리해도 늦지 않을 겁니다.

단절된 공간에서 제 말들이 더 답답함을 가중시켰는지 모르겠습니다. 차제에 몇 권의 시집을 보내드리려 생각하고 있습니다. 시 공부에 도움이 되었으면 하는 마음으로요. 저는 좋은 경구나 격언들 문장들을 잘 인용하지 못합니다. 그저 내가 할 수 있는 말만 해야 하는 까닭에 도움이 되는 말들이 몇이나 있었을지 모르겠군요. 앞서 ○○님의 문장을 인용한 3편의 시 같은 작품을 더 써보려 노력했으면 좋겠습니다. 평이함과 상투성을 경계하면서요.

누군가에게 희망을 주기 위해서 자신이 자신의 희망이어야 합니다. 풀 한 포기, 쪽창으로 날아든 나비 한 마리도 희망일 것입니다.

부족한 답신입니다. 내내 꿈꾸며 건강하시길 바랍니다.

(2017년 5월)

수인에게 부치는 편지 2

— 김○○ 님께

덥고 습한 절기입니다. 비좁은 공간에서 살기가 쉽지 않을 터, 안녕하시냐는 인사도 적절하지 않지만 안부를 묻습니다. 신영복 선생님이 쓴 『감옥으로부터의 사색』이란 책에는 '겨울 감옥보다 여름 감옥이 말할 수 없는 고역'이라는 대목이 잊히지 않습니다. 옆 사람의 체온 자체가 고문이어서 그 사람을 미워하게 되는 형국이라는 것이지요. 그곳의 사정도 그때보다 나아졌을지 과문한 저로서는 모를 일입니다. 아시다시피 바깥세상은 가뭄 걱정을 하다, 금세 장마 걱정을 하며 살아가게 되었습니다. 그 시차가 참 짧다고 생각해보면 인간사의 걱정거리는 끝없이 재순환 된다고 생각해 보게 됩니다. 어떤 마음 착한 농부이자 목수는 집에 매어놓은 반려견이 걱정돼 물을 건너다 그만 큰

물에 쓸려 시신으로 발견되었답니다. 개가 사람을 구한 일은 전래동화이긴 한데 사람이 개를 구하려다 목숨을 잃은 일도 인간사의 숭고한 장면이 아닐까 싶어 오래도록 잊지 못할 것 같습니다. 이 지구별은 우리만 사는 게 아니라 생명의 일부로 삶에 동참할 뿐이라 생각하게 됩니다.

시라는 것은 종교가 구도하는 것과 크게 다르지 않게 삶과 죽음, 나는 우리는 어떻게 살 것인가 하는 문제를 고뇌하지 않을 수 없는 영역이라 생각해봅니다. 윤동주 시인이 그러하듯 시라는 것은 고뇌 없이 써질 수 없고 자신의 내면을 절박하게 고해하고 이 부조리한 세계를 정면으로 마주하지 않고는 좋은 시를 얻을 수 없을 것입니다. 제 주변의 작가들을 보면 한 권의 시집을 내기 위해 20년, 30년을 공부하고 습작하며 마침내 시인의 반열에 오르기도 합니다. 뭐든지 속성하면 웃자라기 십상이어서 단단한 시를 만들기 위해서는 시간을 견디며 공부하고 쓰며 정진해야 합니다. 그러니까 허탈한 시간조차도 자신을 단련하는 에너지를 비축하는 시간으로 삼아야 하겠지요. 저는 늘 여유로운 시간이 많으면 좋으리라 꿈꿉니다. 책도 많이 읽고 게으르게 사색할 수 있는 시간 말입니다. 그러나 우리는 현실 속에서 최선을 다하는 것이야말로 더 시적인 삶이라 생각해도 될 것입니다.

방송통신대 국문학과 괜찮은 선택일 듯합니다. 출감하게 되면 동아리도 가입할 수 있겠고요. 출소하게 되면 사회 곳곳에 시 창작을 가르치는 교실도 많습니다. 좋은 배움터를 만나서 공부하고 작품만 좋다면야 얼마든지 등단과 응모의 동기가 만들어지리라 생각됩니다.

제가 알기론 수감자라고 해서 응모가 안 되거나 자격을 배제시키는 심사는 없다고 생각됩니다. 저도 매체별 공모의 구체적인 시기나 방법은 정확히 모르겠군요. 그러나 소내에서 인터넷이 가능하다면 〈엽서시〉라는 문학공모만을 전문적으로 공지해주는 사이트가 있습니다. 사시사철 공모가 끊이지 않으니 참조하면 좋겠군요.

제가 ○○ 님의 시를 몇 편밖에 안 봐서 시의 수준에 대해서 가타부타 말하기는 쉽지 않습니다. 초급적인 수준을 넘어서긴 했지만 수준 있는 공모전은 경쟁률이나 작품들 내공이 간단치 않은 것으로 알고 있습니다. 다른 시들을 쫓아가지 말고 자신만의 서사를 어떻게 다룰 것인지를 중심으로 습작을 많이 해봤으면 합니다. 수십 편 써놓고 자신의 작품과 작품을 비교하면서 그중에 수작이라고 생각되는 작품을 상시적으로 준비해 놓는다면 보다 좋지 않을까 싶습니다.

마지막 질문인 -시를 가르쳐줄 만한 선생님을 찾는 일-은 정확히 답변 드리기 쉽진 않군요. 교도소로 찾아가는 인문학 강좌 같은 것이 있다고 알고 있습니다만, 시인들이 참여하는 프로그램이 있는지는 정확히 모르겠군요. 그 여부는 차제에 답변 드리는 것으로 하지요.

아무튼 제 편지를 선의로 해석해주어 저도 마음이 편해졌습니다. 저 또한 어떻게 받아들일지 맘이 쉽지 않았습니다. 이 우연한 일도 제 생애와 ○○ 님의 노정에 좋은 기억이길 바랄 뿐입니다. 시간을 잘 견디고 다스리며 이루고자 하는 꿈, 정진을 기원합니다. 어머님께도 평화가 함께하셨으면 좋겠습니다. 가능하다면 어머니께 이름 모를 시인이 힘내시라 했다고 전해주면 좋겠습니다.

그리고 두 권의 책을 보내드립니다. 『백석전집』은 한국 서정시의 매혹이 듬뿍 담긴 유명한 시집입니다. 제가 좋아하는 시인이기도 하고요. 농경사회의 풍경과 시인의 고아한 서정이 녹아있는 시집입니다. 「흰 바람벽이 있어」라는 시 속에 이런 유명한 시어가 있지요. '외롭고 높고 쓸쓸한'

또 한 권은 제가 아는 시인의 시집입니다. 그는 서른 살에 후천적 장애를 입어 눈이 전혀 보이지 않는 사람입니다. 어둠 속에서도 그는 경쾌한 목소리로 살아갑니다. 최선을 다해 화평하고 정진하길 바라는 마음으로 이 시집을 권해봅니다.

답신이 좀 늦었으나 제가 늦게 움직이는 사람임을 이해해주시기 바라며 더 청량한 나날이 기다리고 있기를.

(2017년 7월)

수인에게 부치는 편지 3

— 김○○ 님께

벌써 가을이 되었습니다. 조만간 겨울이 오겠지요. 계절을 앞서 생각하면 시간이 아깝기도 하고 지겨운 시간들을 견디는 힘이 될 때도 있었습니다. 제가 ○○ 님의 세 번째 편지를 한참 뒤에 받았습니다. 도서관 쪽에 어떤 사정이 있었던 모양입니다. 기다렸을 답신이 늦어 노파심을 드렸을 것 같습니다. 저 또한 시집 원고를 정리하고 다른 원고 거리가 몰려 여의치는 않은 시간이기도 했습니다. 정성껏 쓴 편지와 시편들도 잘 받았습니다. 기다려주고 믿어주는 가족들이 있다는 희망은 삶의 공기와 같은 것이겠지요. 존경하는 어머님이 곁에 계시다는 것도 큰 복이라 여겨야 할 것 같습니다. 혼자만의 공간에 있다는 건 자신과 대면할 시간이 많다는 것이겠지요. ○○ 님이 보내준 시에서도 그런 비유들이 잘 드러나 있었습니다. 면회시간이 불과 13분이라는 대목이 어쩌면 시적인 것 같기도 합니다. 13분을 만나기 위해 먼 길을 달려왔을 가족들이나 지인들, 그리고 13분을 위해 기다리는 간절한 시간이 그렇다는 것입니다. 이를테면 13분이라는 제목으로 시를 쓸 수도 있겠군요.

첫 번째 질문의 답변이기도 한데요. 시의 제재와 다루어야 할 사물과 정경은 한정된 것은 아닙니다. 과거의 추억도 회고할 수 있고, 나의 앙망, 이상향, 미래도 시가 될 수도 있습니다. 이런 것이 서로 섞이고 교차되기도 하는 것이지요. 시는 현실(사실)을 재현하지만 선의의 가공을 하기도 합니다. 이를 '시적 상상력'이라 할 수 있습니다. 즉 있는 그대로를 그려내거나 진술하여 담백한 시가 되는 것도 있고 독창적인 언어의 재구성을 통해 시적인 언어들, 비유들을 만들어낼 수도 있습니다. ○○ 님의 시 중에 좋게 읽히는 것은 자신의 실존과 현재적 감정을 비유적으로 드러내는 것들이었습니다. 이것이 신세 한탄이 아닌 것이 되게, 절실한 사랑과 회개의 언어가 되게끔 하는 것이 ○○ 님의 가야 할 길이라 생각해봅니다. 스스로가 스스로를 용서하는 건 신도 할 수 없는 일일 것이니 자책감을 덜려는 의미로서의 시 쓰기가 아니라 소멸해간 생명에게 용서를 구하는 마음을 생을 마칠 때까지 잊지 않도록 자신을 단련하는 것이어야 하는 것이 아닐까 생각해 보게 됩니다. 정말 그렇게 자신을 마주하는 지속적인 힘이 있다면 ○○ 님은 언젠가 더 좋은 시와 인생의 길을 써낼 수 있으리라 생각합니다. ○○ 님이 보내주신 시를 다 읽어 봤습니다.

「유리창을 닦다」
「깨진 그릇」
「고드름도 운다」
「슬픔」
「어둠을 먹다」
「후회(바닥)」

이런 시들이 눈에 띄었습니다. 유리창, 깨진 그릇, 고드름, 어둠, 바닥, 이런 사물과 대상들이 바로 자신의 그림자처럼 읽혔습니다. 불필요한 낱말이나 말끔하지 않은 대목, 평범한 어휘가 곳곳에 있고 여운이 좀 부족한 점 등은 지적할 수 있겠으나 비유적 발상이나 감정의 이입은 좋게 보았습니다. 이후에도 일상적 언어와 시어의 분별이 어떻게 다른지를 좋은 시 읽기를 통해 공부한다면 보다 나은 작품들을 써낼 수 있으리라 생각됩니다. 시를 해설한 책들도 읽어보면 좋을 것 같습니다. 함민복, 도종환, 김사인, 도종환, 김용택, 신경림 시인 등이 그런 시에세이집을 발간했으니 찾아 읽어보면 종합적인 시각을 기르는 데 좋을 것 같습니다.

○○ 님이 살고 있는 갇힌 공간을 다루고 있듯이 대부분의 시인들도 자신의 공간 속에서 시를 생각할 수밖에 없습니다. 그러나 엇비슷한 작법이나 소재를 반복하면 지루해 보일 수도 있겠지요. 현실과 상상력의 문제를 많이 고민해봐야 할 것 같습니다. 두 번째 질문에 대한 답변은 참 쉽지 않군요. 어차피 시는 비유적인 것들이 많으니 심사위원들도 주소를 교도소로 기재하지 않는 한 구체적인 사정은 모를 수밖에 없겠지요. 세상에는 선입견이 존재하니 불리할 수도 있겠고 특이성으로 말미암아 더 관심을 받을 수도 있지 않을까 싶기도 합니다. 그러나 그만 그만하게 쓰는 사람이 지천으로 많다는 걸 염두에 둔다면 보

다 떳떳하게 존재성을 드러내고 도전하는 게 낫지 않을까 싶습니다.

마지막으로 제가 시 한 편 한 편을 지적하는 것은 적절치 않아 보입니다. 몇 가지만, 「고드름도 운다」의 맨 마지막 똑똑똑 같은 의성어는 불필요해 보입니다. 슬프고 서럽다는 말 같은 것을(관념적 어휘를) 자주 반복하지 말고 묘사로써 보여주는 것이 필요합니다. 후회나 반성 같은 말들, 감정적 어휘를 넣는 것도 지양해야 할 것입니다. 앞서 얘기한 그런 대목들을 참조 삼아, 지속적으로 시를 고쳐 쓰고 새로 쓰면서 제가 얘기한 그 의미들을 깨달아 가면 좋지 않을까 싶군요. 그리고 꼭 등단을 해야 되는 것도 아닙니다. 나중에 시간이 되면 자기 돈을 들여서라도 시집을 낼 수도 있는 것이니까요.

○○ 님 이제 이 편지도 마무리할 때가 되어 갑니다. 저 또한 적지 않은 부담을 갖고 여기까지 왔습니다. 지속적인 유대를 나눌 수 없겠으나 이 우연이 피차간에 좋은 기억이길 바랄 뿐입니다. 거기서 살아야 할 9년이란 시간이 남았다니 차마 드릴 말씀은 없습니다. 그러나 우리에겐

사랑할 시간이 더 많이 남았음을 믿어봅니다. 안녕히 지내십시오.

(2017년 9월)

평화가 내 원이건만*

동계올림픽이 열리는 가리왕산은 언젠가 가보고 싶은 산이었다. 이 나라에서 흔치 않은 원시림을 이루고 있다는 말을 들은 뒤였다. 오래 산 나무야말로 위대한 시인이 아니던가. 서울 외곽 도봉산 밑에는 내가 좋아하는 나무가 있다. 은행나무인데 수령이 800살이 넘었다고 기록되어 있다. 그 곁에는 마지막 왕조 시대의 폭군이었던 연산군의 무덤이 있다. 이 나무가 보지 못한 역사는 없을 것이다. 폐위된 왕의 상여를 상부에서 내려다본 것도 그 나무밖에 없을 것이다. 목격자로서 살아남은 유일한 생명일 테다. 그 나무를 바라보며 사슴을 말이라 우기던 독재

---

* 시편 120편 7절

자의 운명을 예지하는 시를 써보기도 했고 나의 유한성을 생각하기도 했다, 부질없어서 더 잘 살아야 하는 게 생이어야 한다고 생각했다. 오래 산 나무들은 겸양을 주고 깊이를 짐작할 수 없는 신비함을 준다. 그런 의미에서 가리왕산에서 베어진 나무들이 아팠다. 해충 때문에 베어진 상수리나무들의 그루터기도 아픈데 며칠의 축제를 위해 나보다 몇 배를 더 산 생생한 생명을 베는 일은 비감한 일이었다. 우리는 이러한 일들을 목적을 이루기 위한 '현실적인 방편'이라 말하기를 주저하지 않고 살아왔다. '개발'이란 어휘는 지상의 '천국'을 이룰 수 있는 주술처럼 만인의 입에 검열 없이 오르내린다. 자연과 공동체의 원형을 파괴하지 않는 축제는 우리에게 얼마나 먼 동경이던가. 시인이란 축제의 중심부에서 즐기는 자라기보다 애초에 그 자리에 무엇이 있었는지를 쓸쓸히 반추하는 자라고 생각해본다. 세상의 흥성거림의 이면에서 배회하는 자일 거라고. 축제보다는 장례에 더 몰두해야 하는 자일 거라고.

이 세상은 왜 평화롭지 못한가. 누대로 선각자들과 종교의 근본적 질문일 것이다. 이것은 제 것이 아닌 타자의 삶에 늘 개입하고 간섭하기 때문이었다. 타자의 삶과 종교에 타종의 생명에 물리적인 배제와 폭력을 수행하여 경제적, 감정적 이익을 확보하려 하기 때문이다. 이것들의 형식은 공통적으로 이질성을 극대화하고 동질성을 축소하려는 논법으로 이루어져 있다. 일례로 예루살렘을 이스라엘의 수도로 명명하는 순간 이 세계가 혼돈과 위태에 빠지듯, 이 세계 속에서 숫자로는 적으나 권력으로서는 큰 힘을 가진 세력, 인종들의 선민의식과 이데올로기를 고무함으로써 분쟁은 촉발되어 왔다. 우월성의 강조는 필연적으로 열등한 타자를 제조해야 한다. 인종에 대한 차별은 모든 생명계의 차별을 정당화하는 시초가 된다. 인본 중심이라는 것은 인간만이 유일하게 세계의 근본이라는 말이 아니라 가장 진화한 영장류로서 생명계에 대한 책임적 위치를 자각하고 실천하라는 정언이 아닐까. 그러므로 나무를 함부로 베는 일은 사람에게 죄의식 없이 총을 쏘는 행위와 연결되어 있지 않다고 말할 수 없다. 사람이 사람을 착취하고, 사람이 동물을 학대하고 무차별적으로 도살하는 일 또한 마찬가지. 혐오와 학대의 대상 없이는 자신의 존재성조차 갖지 못하는 삶처럼 구차하고 가련한 삶이 어디 있단 말인가. 큰 힘에는 굴복하고 상대적 약자를 향해 번지는 혐오는 전 지구적 문제로 대두되고 있는바 분명한 건 긍정성으로 이뤄가는 삶이 아닌 타자에 대한 적대감으로 삶의 엔진이 가동되는 것은 심각한 매연일 뿐이며 폭력적인 소음일 뿐이라는 것.

이런 불통의 현실과 대척점에서 한편으론 확산된 디지털 시대의 '소통'이라는 행위들은 또 어떤가. 소통과 정보라는 기치로 플랫폼을 만들어 막대한 이윤을 챙겨가는 첨단자본의 의도는 차치하더라도 자기과잉과 자기광고가 넘치는 세상은 상호소통이라기보다는 일방적 과시에 다름 아닐 때가 많다. 눈으로는 가까워졌으나 더 멀어지는 마음이 생기기도 하는 것이다. 굳이 과시하지 않아도 아름다운 사람들이 같은 얼굴을 매일같이 업데이트하기도 하고, 오직 먹기 위해 존재하는 인간처럼 음식으로만 자신의 생활을 도배하기도 한다. 정치적 주장 외에는 제 삶이 보이지 않는 건조한 자기표현들도 마찬가지. 그것이 그 한 사람의 외로움이자 존재 과시의 반증일 거라 생각하면서도 거리감이 생기는 이유는 무엇인가. 타자의 시선을 자신들에게만 흡수하려고만 하지 타자의 삶을 잘 살피지 않는 것 같다는 (단편적인) 생각이 들기 때문이다. 객관자로서 세계를 바라보고 있는지 의심이 들기 때문이다. 절제와 상호적 감응이라는 덕목이 전근대적 폐습이라도 된 것인가. 소외를 극복할 방편으로 소통하라는 것이지만 대다수는 객체로 전락하며 다만 전에 없던 비용을 더 지출해야만 한다. 우리가 전에 없이 많은 통신비를 지출하고 발 빠르게 생면부지의 누군가를 만날 수도 있지만 소외감이 더 생기는 이유는 무엇인가. 엿보면 엿볼수록 외로운 이유는 무엇인가. 디지털 기기와 통신의 속도와 방편이 발달할수록 우리는 조바심을 내며 소비의 주체로 포섭되지 않을 도리가 없고 이것을 수평적 네트워크라고 착각하고 있는 것은 아닌가 싶을 때가 있다. 디지털 시대를 흡수하면서도 아날로그적 생활태를 구도하는 것이 필요하지 않을까 싶은 것이다.

우리가 두 번은 죽을 수 없는 몸으로 태어난 것은 다행한 일이 아닐 수 없다. 영생이 가능하고 자기 복제가 무한 가능하다면 시를 쓰겠다는 사람도 별반 없을 것이다. 어떻게 살아도 또 태어난다면 말초적 쾌락에 매진하지 지성적 고행을 사서 할까. 우리의 상상력은 목숨의 유한성과 결부되어 있다. 절박하기 때문에 써야 하고 뿌려야 하는 것이 아닐까. 내가 지리산에 가서 본 가장 인상적인 정경은 다랑논이었다. 애초에 산이었을 땅에 성벽 같은 커다란 돌을 쌓아 층층이 만들어 놓은 아름다운 논. 피라미드 같은 무덤을 쌓기 위해서가 아니라 현세의 식량을 얻기 위해서 자신의 육신을 다 걸었던 삶. 내세가 아닌 현세에의 최선, 다음 세대는 덜 배고프라고 돌에 깔리며 울부짖기도 했을 것이다. 그 다랑논이 다시 폐허가 되어 나무가 자라고 산으로 귀속되는 걸 보며, 그 산속에 묻힌 선대들의 무덤을 보며 운명을 생각해본 적이 있었다. 논을 일구다 평평한 무덤 속으로 돌아간 사람들이 신령이거나 전설 속의 설인일지도 모른다고 시를 쓴 적이 있다. 자신의 유한성에 겸허하되 이후의 세대와 공동체의 생존을 위해 돌을 이고 지고 나른 사람들이, 동사의 삶을 수행한 사람들이 나의 선조들이라고 생각했다. 그러므로 그 다랑논은 폐허가 아니라 신생의 영감을 주는 유적이었다. 우리에게는 여전히 땀의 가치가 존중되어야 하고 공리적 책임감을 소홀히 하지 않는 아날로그적 구도가 필요하리라고 생각해봤다.

최근에 시집을 엮기 위해 시편들을 정리하며 나는 무슨 시를 구도하고 있는가, 자연스레 돌아볼 기회가 있었다. 모자람 투성이지만 내 시에는 측은지심과 수오지심이 섞여 있었다. 부조리에 대한 삐딱한 시선은 있으나 평화의 상태를 동경하고 있었다. 가만히 두는 아름다움을 찬미하고 있었다. 추모와 애도, 산 자로서의 불편과 슬픔을 피하지 못하고 있었다. 체험한 것들이 압도적으로 절박했고 생동감이 있었다. 이런 시들이 훨씬 자연스런 언어의 리듬을 내재하고 있었지만 체험이라는 것은 육체적 감정적 고통의 수반 없이는 불가능하다는 난경이 있다. 누군가의 고통을 고통 없이 옮겨 쓴다는 것도 불가능하다. 시인은 현세에서는 변신도 환생도 할 수 없다는 운명론을 믿는 편이다. 독자와 평론가들은 비약을 주문할지 몰라도 시는 유지조차 쉬운 일은 아닌 것 같다. 나는 문장이나 이론을 잘 외우지 못하는 단점이 있다. 그러므로 이런 산문이 더 어려운 글쓰기였다. 특별할 것 없는 체험 속에서도 시적인 맥락을 찾아야 했으며 그러한 진술이 내 시였던 것 같다. 앞서 말했지만 소멸되었거나 사라져 가는 것들은 나를 건드린다. 유언조차 남기지 못한 인연들의 고난과 소멸, 휴대폰에 저장돼 아직도 지우지 못하는 번호들, 인간보다 모자랄 것 없는 강아지 고양이 돌고래 북극곰 코끼리 같은 것들, 죽어가는 강이나 바다, 베어진 나무들 같은 자연계의 고통, 가난하거나 착하거나 말을 참고 살면 더 일찍 죽는다는 통설이 부당해서 견딜 수 없다. 우리는 시라도 써서 존재를 증명하지만 그저 그렇게 살다 속절없이 저버린 목숨들은 누가 말해 준단 말인가. 바라건대 나는 시를 기획하고 싶지 않고 그들의 뒤안길이라도 어루만지는 서정만큼은 잃지 않고 싶다.

지금 이 글을 쓰는 날은 올해 들어 가장 추운 날이다. 손을 비비며 차창으로 건물 외벽에서 일하는 일군의 노동자들이 보았다. 차가운 발판 위에 서 있는 시린 발과 발그레한 얼굴이 다가왔다. 타인들이 살아가는 쪽에서 나를 바라보게 될 때가 있다. 나의 엄살과 보수적인 생활태가 보였다. 타자의 숨겨둔 속말들을 우려내보는 것이 시의 의술이다. 나라와 나라의, 종교와 종교의, 관념과 관념의, 계층과 계급의, 인간과 동물의, 동물과 식물의, 큰 것과 작은 것의, 살아 있는 것과 죽은 것의, 사실과 허구의, 기타 등등의 경계를 관통하며 '공통적'인 것들을 발굴하는 것, 소멸한 것들에게도 숨을 불어넣는 것, 오래 산 나무처럼 시간에도 낡지 않을 언어를 구도하는 것, 그리하여 불화의 철조망을 축소하고 평화의 공유지를 넓히는 일이 문학의 운명이어도 좋으리라.

(《세계평화 작가대회》 2017년)

슬픈
사람끼리

돌아서면 마지못해 웃었던 웃음도, 떠들며 마셨던 술도, 하루를 소진하는 노동도, 페이스북에 적는 잡기록도 무용한 결핍처럼 느껴지는 여러 날입니다. 진도 앞바다에 수몰된 목숨들, 아직 돌아오지, 아니 구하지 못하였습니다. 4월 16일 오전 열 시 이후 아무도 구하지 못하였습니다. 돌아오지 못했습니다, 라고 쓰려다 구하지 못했습니다, 라고 씁니다. 누군가 술자리에서 건배사를 하라고 하였습니다. "이 술잔처럼 바닷물을 말려 저 목숨들을 구할 수 있는 거대한 물고기라면 좋겠습니다. 살아 있는 당신들만 토해내는 거대한 물고기" 신보다 거대한 물고기가 되고픈 것이 오늘의 참혹이고 나의 분통이고 현실이고 서정입니다. 나는 오래전부터 비의가 느껴지는 노래와, 문장을 좋아했습니다. 슬픔의 끝 바닥까지 내려가 나도 분간할 수 없는 내 정서적 통증을 그 해저에 내려놓고 나오면 다시 살 힘이 생기기도 했습니다. 나의 정서를 직조하는 일은 내 스스로의 일이었으며 사는 일이 외롭고 운수 좋은 일임을 실감한 어린 날부터 지금에 이르기까지 그 슬픔에 당도하는 힘으로 살아온 듯합니다.

나는 웃음과 농담과, 친구와 식구를 좋아하는 사람이었으나 누군가는 떠난 듯하고 누군가는 불쌍한 듯하고 누군가는 죽은 듯하고 사방은 부조리한 듯하고 평화는 무력한 듯했습니다. 이 환각인지 실감인지에 빠지다 보면 어느새 그것들이 나의 시로 옮겨지고 있다는 것을 알 수 있었습니다. 어린 날 잔디를 뽑아 물싸움을 한 적이 있습니다. 가느다란 잔디를 짜면 작은 물방울이 맺히고 그 물방울을 다른 잔디의 물방울과 마주 붙이면 어느 하나가 다 빨아들입니다. 큰 눈물방울이 작은 눈물방울을 덜어냅니다. 많이 덜어내는 눈물방울이 이기고 지배하는 이런 공화국은 없을까? 그런 공상이 나의 상상이고 문장이라고 말하겠습니다. 시라고 생각하고 쓰진 않았으나, 아랫글은 며칠 간 내 심정이 머물렀던 자리를 옮겨본 페이스북 잡기록입니다. 동의받기 위해서가 아니라 나의 분통을 지지하기 위해서 쓰여진.

살아날까 봐

주무르면 살아날까 봐

살아날 것만 같은 얼굴이어서

딸내미 짜디짠 몸을 주물렀단다

—「아비」 메모

현관 앞의 신문을 집어 들며

나도 모르게 한숨을 쉬고 있다

어머니가 쌀 바가지를 들고

댓돌 위에 놓인 고무신을 신으며 쉬던 한숨처럼

먹을 쌀이 모자란 것도 아닌데

넘치는 겹핍 가라앉는 결핍이여

왼쪽 가슴이 심장인가 통점인가

—「한숨의 전이」 메모

염을 하는데 아이들 손톱이 빠져 있다 했습니다

꽃물 들여줄 손톱도 없이 보냈다 했습니다.

함께 울음이라도 울어줄 정부라도 있다면,
울음행정부 울음기획처 울음대책본부가 있는 나라
울음주머니가 두툼하게 달린 대통령의
울음보를 만지며 기대어 울기라도 할 수 있는 나라.

없으므로 찾아도 손톱만큼도 보이지 않았으므로
사는 내내 사는 내내
눈에 손톱을 가득 넣고
—「손톱」 습작

누군가의 시는 열등감을 주었고 누군가의 시는 용기를 주었습니다. 누군가의 글은 반면교사로 삼아 저어하기도 합니다. 지성은 지식이 아니라 용기라는 말에 수긍합니다. 제대로 쓴 모더니즘과 리얼리즘은 크게 다르지 않다고 생각합니다. 그 사조들이 생겨나기 전에 있었던 문자의 욕구와 문자의 허위를 극복한 진정한 시심이 무엇인지를 생각해보기도 합니다. 글쓰기는 자유를 속박하는 부자유에, 말머리와 말꼬리가 다른 문장들에 맞서고, 행적을 성찰하고 자신조차 전복하는 것이리라고 생각해보기도 합니다. 타자의 문장을 인용하기보단 자신의 주어를 확보하는 일, 자신의 주문을 만들어가는 독단적이며 유대하는 작업이라고 생각합니다. 기르지 않았으나 뜯어먹을 수 있는 산나물처럼 내 글이 누군가의 삶과 소멸로부터 얻어낸 채집물 임을 기억합니다. 나에게 묻습니다. 너는 무엇을 지지하는가? 가만히 두는 아름다움을 지지한다고 하겠습니다. 애초 가만히 있었던 원형의 세계를, 사랑과 인간의 복원을 마침내 평화의 세계를 꿈꾼다고 하겠습니다. 변질과 파괴의 현실을 혐오한다고 쓰겠습니다. 부당한 힘들을 혐오한다고 쓰겠습니다. 가만히 떨고 있는 아름다움이 나의 궁극이라고. 내 글쓰기의 선생은 오늘의 역동적인 현실입니다. 오늘의 인간과 오늘의 사태에 있습니다. 남의 새끼까지 포괄한 인간이란 끊을 수 없는 필연에 있습니다. 그러므로 저의 마지막 문장은 이러합니다.

그대들 간 곳이 천국이 아니라면
나는 이 연옥을 더 살겠습니다.

(《대산문화》 2014)

가만히 두는 아름다움을 지지하는 시 쓰기의 역경!

이처럼 말이 많은 침묵은 보지 못했다. 이처럼 강력한 주장의 침묵은 보지 못했다. 아무리 생각해도 침묵이 금이라는 말 따위는 독재와 전체주의 시절의 입막음용 요설임이 분명하다. 말을 하자. 제발 말을 말같이 하자. 얼핏 비치는 몇 년의 그림자가 암흑이다. 아니, 이건 그림자가 아니다. 말(言)이 죽어 나오는 검은 피다. 21세기 리더십이 피를 두려워하지 않는 공격성이라니! 죽은 피를 불러내는 주술이라니! 그러나 큰 하늘은 벌거벗은 그의 치부를 환히 비춘다. 차가운 침묵을 향해 우리는 돌을 던진다. 이것이 우리의 맨 마지막의 침묵이고 세상에 대한 사랑법 아니겠나.

— 졸고 「침묵의 은유를 악용하는 이에게」 중에서

최근에 쓴 산문을 다시 내놓는다. 아마도 나와 이 세상의 정서적 긴장 상태를 드러낸 글이리라 생각되어서다. 청탁은 시론(詩論) 비슷한 것이었지만 나는 자꾸 시론(時論)에 가까운 글이 써지고 있다. 어떤 대담에서 고백한 적이 있었다. 나는 요즘 (관조적이거나 목가적인) 서정시가 쉽게 써지지 않는다고. 서사와 정념이 결여된 시들이 심심하다고. 내가 알던 민주주의에 대한 상식과 역사인식의 보편적 성취, 언어의 소명이 전부 다 반동화된 시대상황과 무관치 않을 것이다. 역사가 나선형으로 진화한다는 말을 듣고 볼트와 너트의 모양을 한참 들여다본 적이 있다. 나는 나사를 돌리거나 풀어줘야 밥을 벌고 이 생계를 기반으로 글을 쓰기도 하는데 여태껏 생존의 근거에 무심했구나 싶기도 했다, 내가 볼트와 너트에 대한 시를 쓰면 나름의 서정시가 되지 않으려나? 내가 쓰고 있는 시는 한 대가리의 볼트만큼이라도 무언가를 지탱하는가? 따위의 공상이 들기도 하였다. 그러나 아직 너트와 볼트의 탐구를 마치지 못했다. 나선형의 진화는 불변의 진리가 될 것인가, 언젠가 거울에 비친 얼굴을 보며 쓴 시가 있었다. 햇볕에 노출되지 않는 공간에서의 노동은 내 얼굴을 희게 만들었다. 사람들은 항시 얼굴 좋네, 라고 말하곤 하였지만.

박쥐도 그랬을 것이다

희디흰 얼굴로
어둠의 생계를 꾸렸을 것이다.

사선死線이 된 평면에 발톱을 찍고
수직의 밥을 먹었을 것이다

끝까지 검어지지 않는 얼굴로
바닥을 천장이라 부르며
천장을 바닥이라 부르며

거꾸로 매달린 어둠을
한낮이라고 할 것이다
— 졸시 「박쥐」 전문, 『시와시』 2013년 봄호

우연히 아는 사내를 만났다
야근을 마치고 귀가하는 나보다 두어 살 많은 소방관
칠월의 타는 햇살 아래 그의 눈썹은
무엇에든 달관한 노인의 눈썹처럼

몇 가닥 허옇게 세어 삔쳐 있었다
그는 보여줄 순 없지만 아래의 털들도
허옇게 새어가고 있다고 웃었다
우리가 털에 대한 이야기로 날밤을 새운다면
흰 털들이 몇 가닥 일어나 울어버릴 것만 같았다
하얀 밤이란 털이 새는 밤인지도 모를 일이었다
사내는 늙은 태를 나에게 남기고 주름진 집으로 돌아
갔다 아무래도 밤낮을 바꿔 사는 사람들의
눈꺼풀에겐 다른 이름이 있을 것 같았다
아무도 교대해 주지 않는 시간
무너지지 말아야 할 스물네 시간을 더듬다보면
자잘한 저 눈주름이란 지친 원심력의 외상,
저 눈썹이란 지붕이자 처마 아래서
까만 눈동자들이 열렸고
쉼 없이 생육의 시간을 물어 바쳤으니
우리는 저렇게 늙어만, 늘어만 간다
싱싱했던 검정을 잃고 흰빛의 외로움을 얻으며
털들만 분연히 제 생에 항거한다

— 졸시 「털이 세는 밤에 대하여」 전문, 『실천문학』 2013년 가을호

문학의 정치성을 말할 때 압도적인 논거였던 랑시에르가 말한 '감각의 분할'은 한국사회에서 별반 새로운 문학론이 되지 못한다, 고 외람되게 생각한 적이 있었다. 체제가 구획한 경계와 시선이 아닌 것들이 시이다, 라는 시론은 이미 이 바닥에서는 일반론 아닌가 싶었던 것이다. 이미 이런 이론이 공수되기 전에도 김수영이 신동엽이 이미 몸부림쳤거나 작품으로 수행했던 것 아닌가. 한마디로 본능적 시론 아니었을까. 물론 '배제된 자들이 주체화되었는지' 하는 논제와는 무관하게 이 사회에서 '제대로 문학하는' 행위는 이미 법외적(체제 밖) 수행일 수밖에 없기 때문이다. 이 사회의 49%의 시민은 51%의 대의적 권력에게 법외화 되어야 하는 존재들이다. 그들은 늘 이념사냥의 목표물이며 모략되어도 무방한 존재들이다. 지지세력의 이념적 염원과 권력재창출을 위해서는 쉼 없이 번제물이 되어야 하는 존재들이다. 이런 것들은 일말의 법적 근거가 필요한데 그들은 초법을 합법으로 만드는 사법공장을 소유하고 있으며 이것은 언제나 용도변경이 가능한 가건물 같았다. 말 안 듣는 검사 판사 경찰을 찍어 내리거나 순치시켰으며 순종하는 자들의 목은 기린처럼 길어졌다. 누군가 말했던 저강도 문화통치랄까. 거대 미디어와 한통

속이 되어 의도된 주술적 프레임을 만들고 사실을 비틀고 대중을 기만하는 방식으로. 그들은 자율에서 통제로! 광장에서 병영으로! 그러니까 시민이 국가의 종업원이 되길 염원하는 듯했다. 그러니까 그들은 가만히 두는 아름다움을 몰랐다. 애써 황무지를 가꿔 만든 초지에 철가시를 도포하는 식이었다. 나는 국토와 국가기관을 사적으로 소유하고 전횡하는 데 거리낌 없었던 이명박 정권 시절의 암담한 풍경을 이렇게 쓴 적이 있었다.

> 사십 년 만의 폭설이 부대끼며 공평하게 내린다
> 부대끼지 않고 공평하지 못하리라는 눈발의 전언을 읽는다
> 지하철을 탄 나와 당신 사이의 행간에선 무력하고
> 우린 공생의 식은땀만 흘린다
> 출구에서 몰려나와 각각의 생활로
> 구전하러 흩뿌려지는 검은 눈사람들아
> 염화칼슘에 삭아 내리는 숫눈처럼
> 잠시 순수하게 빛나다 부식되고
> 녹아내리는 일을 생각한다
> 대통령 지지율이 54%라고도 하고
> 생활이 아무것도 나아진 게 없다는 사람들도

93%라는데 수치와 수치 사이,
아이러니한 그래프에도 눈이 쌓이고
폭설이야 말로 어떤 더러운 길도 덮으며
덮을 뿐 조작하지 않는 충정으로 내린다
신문을 보면 신문을 버리고 싶고
마침내 세상은 더러워서 버릴 수 없다는 것도 안다
시린 발 동동 구르는 사람들과
사는 대로만 살아지는 내 궁상 사이에,
소소한 일만 하다가 소소하게 소멸되는 인생과
흔들리며 쌓이는 눈발 사이에,
와락, 치밀어 오르는

— 졸시 「충정로에서」 전문, 2011년 미발표

4~5년 전에 쓴 시지만 묘하게도 지금과 유사한 시대적 상황이다. 정치적 모사꾼들을 메시아로 추종하는 나라라니…… 물론 이 아이러니가 반복되면서 괴로움을 주겠지만 착시적 수치들이 끝내 숫눈처럼 녹을 것임을 믿어야 한다. 문장의 눈은 역사의 눈이다. 예지란 모호한 희망이 아니라 수백 번 역사적으로 선험화된 확증이다. 시가 때로는 샤먼의 주술 같기도 하고 학문적 가설이 될 때도 있

다. 문학의 논리성은 사회과학적 논리성을 포괄하여 압도하기 일쑤다. 가령 이런 문장은 어떤가.

> 세상은 또 바뀔 것이다. 반동 역시 오래 지속되지 못한다. 그들은 물어뜯기만 할 뿐 새로운 걸 만들어 내지 못한다.
>
> ― 루쉰

나는 시론을 갖고 시를 써본 적이 없지만 이런 문장이 오늘의 변증법적 시론이 아닐까 싶다. 시는 경계를 두는 편식하는 장르가 아니라 생각했다. 감각되어지고 감정이 촉발되는 그 무엇이든 시로서 신생할 수 있다고 생각했다. 나는 읽은 책들을 오래 기억하지 못했다. 어렴풋한 이미지만 남고 텍스트는 사라지곤 하였다. 나이가 들수록 이러한 증상은 깊어졌다. 가끔 맘에 드는 문장들을 메모해 놨다가 쓸모도 없이 들여다볼 때가 있었다. 산문은 주로 원고료가 없는 청탁이었거나 공무적 글쓰기에 가까웠다. 진영적 사고에 익숙해졌다는 걸 알았지만 크게 개의치 않았다. 성찰이 유행인 시절에도 나는 방종하지 못해 안달이었다. 그리 못되지 않은? 내면을 긁기보다는 이 세상의 거악들을 생각했다. 선명한 것들에 대한 의심이 적지 않았다. 강성(強性)의 언어보단 조곤조곤 건드리는 말들이 더 강력하다고 믿곤 했다. 오체투지나 단식투쟁보단 웃으며 떠드는 주장이 혹은 가만히 있는 침묵시위가 좋았다. 밥을 잘 먹고 열심히 운동을 해 체력을 기르는 것이 장기전에 좋다고 보았다. 일상성 지속성이 없는 선명함은 허세로 보았다. 운동이든 노동이든 꾸역꾸역 땀 흘리는 사람들을 신망했으며 진지하되 유머가 깊은 사람들을 좋아했다. 내외면이 크게 다르지 않은 사람들을 신망했다. 20대 중반 이후로 편협한 정파적인 관계에서 빠져나왔다. 세계관이 넓어져서 좋았고 편견을 갖지 않고 사람을 볼 수 있어 좋았다.

대형서점이나 대형마트에 가는 걸 좋아하지 않는다. 그 공간은 묘한 열등감을 주었고 보고 싶은 책이 있으면 인터넷으로 책을 구해 읽었다. 내 공간이 아닌 듯해 도서관을 찾지도 않았다. 20대 이후로 지인들과 합평회를 하지도 않았다. 글도 안 쓰는 사람들이 시를 헤집는데 속으로 격분한 적이 있었다. 이른바 작가들이 남의 집을 빌어서라도 갖고 있다는 낡은 작업실도 없었으며 식구에게 이런 푸념을 했다가 핀잔만 들었다. 아이들과 컴퓨터 사용을 놓고 다투기도 했으나 올해부턴 내 책상이 생겼다. 물려받은 재산은 없었으나, 오랫동안 직장을 갖고 일가를 이뤄 그럭저럭 군색하지 않게 살고 있다. 노동현장은 불가피한 삶의 유지조건일 뿐이라는 생각, 내 생활태가 시인 같은 몰골이 아니라 직장인이나 공무원 같다는 말도 여러 번 들었다. 칭찬이었지만 욕으로 들었다. 얼마 전에도 시 쓰기에 좌절한 적이 있었다. '익숙한 작법'이라는 비평에 나는 고개를 숙이고 말았다. 절치부심하자고 작심하였으나 한동안 후벼 파일 것이다. 나는 쉽게 다쳤고 어떻게든 일어났다. 상처와 결핍이 나를 응전케 함을 알고 있다, 있다면 있는 오만을 부숴준다. 이렇듯 나에게 온 부정적 사태란 기실 긍정적 사태일 확률이 높다. 나는 지금 무수한 평범함에 노출되어 있음을 고백하고 있다. 김수영 시인의 말마따나 '독특한 시를 쓰려면 독특한 생활의 방식, 인식의 방법이 선행되어야 하는데' 거기에 나는 어떻게 인식하며 어떻게 쓸 것인가를 궁리해봐야 하는데 하루 열 시간은 일에 매이고 밖의 일에 술에…… 미안하지만 보내준 책도 쌓아놓기만 하고 일 년 동안이라도 책만 읽고 시만 쓰고 싶기도 하였다. 그러니까 나는 누구나처럼 살며 혹은 누구나처럼 살지 않으며, 게으르게 독거 중이거나 독학 중이거나.

묵은 누유(樓由)를 흘리며 고되게 굴러가고 있었다
삐걱거리는 관절에 오일을 주고
녹슨 피부에 로션을 발라주었다
거미도 없는 거미줄을 떼어 주었다
쇠의 푸르고 차가운 속살
나는 쇠의 속살을 본 자,
산다는 게 이딴 걸레질이었다
콧구멍에 검디검은 먼지였다
먼지 한 점이 세상의 기원이자
우리의 생몰지였다
당신은 평범하게 녹슬며
선연하던 죄나 부식시키자고 한다
단단한 지반을 품고 버릴 수 없는 서사를
코일처럼 감고서,
발화를 기다리자고 한다
닦아봐야 동력의 중심을 알게 된다
묵직한 전기가 통하자 저릿저릿한 구동을 일으킨다
낡은 것들이 더 세련된 기계음을 내며 척척척

불경한 운율이다 괴로운 운율이다
지지치도 않았던 운율이다
내 몸으로 옮겨진 당신을
경건하고 외롭게 닦는다
검은 때를 밀며
숫눈의 세계도 생각한다
— 졸시 「녹의 중심」 전문, 『구르는 잠』

시가 무엇을 성취해야 하나? 더 많은 독자들의 사랑을? 명망성을? 주류와 엘리트로부터의 인정을? 시조차 속물성에 포획될 때 그야말로 마지막 남은 서정의 저지선이 무너질 것이다. 시인은 시를 성취하고자 할 뿐이다. 시인이 소수자 되기를 불안해할 때 시는 서러워할 것이다. 어느 체제가 닥쳐도 몸과 마음이 무탈한 시인이 시인이겠는가? 최소한 마음이라도 앓아야 하고 마음은 문장으로 옮겨지는 것이 인지상정일 터다. 어떤 문학상을 받아도 문학적 영광이 된다 생각한다면 그가 시인이겠는가? 졸렬하게도 시인은 어쩔 수 없이 시라는 진검을 놓고 시인과 싸우는 존재들이다. 시인이 말해야 하는 자유는 광활한 관용이 아니라 박애적 편견이며 양심의 편견일 터다. 나는 알고 있었다. 조근조근 양심껏 말하는 것들이 외로우나 퍼져 나가는 내간체가 될 것임을. 그것이 위로와 고양의 힘을 가질 것임을. 우리가 타인의 마음에 들게 살아야 하는 사람이 아니듯 시도 그러할 것이다.

시의 '등'을 보리라 생각했다. 가족들에게 상처 주는 무기력한 가장이 아니라 노동으로 떳떳한 밥을 벌며 글 쓰자는, 속 편한 길을 제 길로 알고 살았다. 시(詩)-만을 위한 백척간두진일보의 자세가 아니라 시와 생활, 어떤 것도 포기하지 않는 양 겹의 배수진 같은 거였다. 또한 더불어 홀로 쓰자는 일에 여태껏 매달렸다. 당신들은 만나고 무언가를 도모하고 그러다 일에 지쳐 병도 나보고 관계가 맺어지기도 소원해지기도 하였지만. 단독자가 주는 매력을 모르지 않지만 그럼에도 공의적인 삶들은 존중한다. 이 또한 나의 낡음일 게다. 패거리가 사익을 전제한 부정적 의미의 집합이라면 공동체-는 어떤 공공선의 도모를 목표로 한다. 얼마든지 떠날 수 있고 속박하지 않는다. 개인의 자유의지를 소외시키지 않으며 다만 묶어내고 확장하려 애쓸 뿐이라고 나는 믿는다. 그럼에도 돌아서면 나도 외로웠듯 이들을 만나면 등을 밀어주고 싶었다. 아니 술을 사주고 싶었다.

우리는 등을 밀어주었다

닿지 않는 등허리 한복판만큼
쉬 벗겨지지 않는 내밀한 허물
거기서 우리는 뒤틀린 등짝과 엉덩이와
언뜻 거울에 비치는 까칠한 턱을 보았다

우리는 때가 밀리는 같은 병病을
앓았기에 누구도 부르지 않고
서로의 등을 밀었다

묵묵한 등을 보면 알 수 있다
등이 인간의 맨 얼굴이란 걸

사람들의 몸에서 이끼 냄새가 났다
아마도 인간의 첫 수원지水源池에서 자라난
건강한 이끼일 것이다

— 졸시 「등」 전문, 『그네』

언어가 무엇을 싣고 오는지를 묻지 않은 채, 그것을 새물결이라 명명하기도 하는 걸 들었다. 이런 류의 새로움에 대한 강박은 기형적인 시의 키를 요구하는 것과 유사하지 않은가. 땡볕과 그늘을 먹지 않은 자 없겠으나 서사의 나이테가 보이지 않는 시들의 허우대는 싱겁다. 어떤 시인도 자신의 삶과 시가 한계이며 거꾸로 자신의 앎과 삶이 시의 가능성이다. 졸렬히 판단컨대 새로운 언어만은 언제나 창조 가능하다. 심지어 공장에서 만들 수도 있으리라. 그러므로 내가 아는 시론은 시인론이다. 시와 사람의 한 몸이다. 그것은 타의의 주문으로 제조되는 것이 아니라 스스로 탄생되는 것이리라. 어떤 시인은 단호하게 '자신이 쓴 시조차 모방하지 않겠다'고 했지만 그럴만한 자신은 없다. 우리는 관계로부터 빚진 자들이며 나로부터 빚진 자이며 시는 관계와 사물의 체액에서 -고통 속에 쟁여놓은 꿀 같은 채집물을- 얻는 일이 아닐까.

귀 먹은 엄니 마늘을 까네
나랑은 놀아주지도 않고
내 말은 몰라라 하며
마늘만 까네
나는 에잇 마늘보다 못한 자식 하고

마늘 껍질같이 얇은

서러운 귀 한 쪽을

마늘처럼 까서 창 쪽에 두며

빗소리를 듣네

이 캄캄하고 아린 마늘 냄새가

아니었던 그때의 비좁은 동굴 속에서

새끼 곰으로 뒹굴던 핏줄들을 생각하네

작은 몸들이 등을 대고 긁어주며

눕던 작은 방

마늘 냄새가 아니었던

엄니의 젖 냄새와 아버지의 담뱃진 냄새

누이들의 사탕냄새……를

허물어진…… 점자처럼 읽네

사라지고 조금씩 사라지고

읽네……

마지막에 피워둔

향 같은 마늘냄새를

— 졸시 「마늘」 전문, 『구르는 잠』

시인을 어떤 존재로 발견할 것인가? 어떻게 자신의 정

념으로 온몸을 구축할 것인가? 아, 나는 아직 발견되지 않았다고 쓰겠다. 당신들처럼, 우리는 발견되지 않은 가능성이다, 진화 중인(진화해야 하는) 미래라고 쓰겠다. 사는 대로 살다가 쓰는 대로 쓰다가 사라진다고 쓰겠다. 말머리와 말꼬리를 동일시해보려는 못난 추적자들이라고 쓰겠다. 누군가를 거세하고도 쾌락에 전력투구한 더러운 뼈다귀들에게. 말머리와 말꼬리가 다른 거대한 송곳니에게, 나는 적의의 행진을, 적의의 눈길을, 적의의 기표들을 찾아볼 것이다.

'석양 대통령(大統領)이라고 하는 직함을 가진 신사가 자전거 꽁무니에 막걸리병을 싣고 삼십 리 시골길 시인의 집을 놀러 가더란다' 이러한 시적 앙망은 내부 민주주의 확립과 노동의 가치인정이 없다면 불가능한 현시일 것이다. 바로 생명이 반생명을, 비자본적인 것이 자본의 가해적 요소들을 밀어내고 대지를 압도한 상황에나 출현하는 현시일 것이다. 혁명이란 말은 너무 거대하고, 허무와 허세와 피 냄새가 섞여 있어서 마뜩잖고, 나는 이를 가만히 두는 아름다움에 대한 지지라고 말하고 싶다. 협업과 환대라 하겠다. 온전한 생명이야말로 시의 궁극. 우리는 가만히 두는 아름다움을 지지하기 위해 누군가를 혐오해야 한다. 혐오의 뒷면에 가만히 있는 떨고 있는 아름다움이 있을 것이다.

그 자의 말꼬리를 찾는다
말머리와 말꼬리가 자주 다른 까닭이다
유독 말이라는 문명은
안과 밖이 같아야 하는 것이고
머리와 꼬리도 한 형상인 것이어서
어떤 위장을 하더라도 금세 표가 나곤 하였다
침묵할수록 거대한 표시가 났다
꼬리에서 출발해 여태껏 소화되지 않는
말들의 내장과 부조리한 식도를 거쳐
최초의 발화지인 입과
그 머릿속까지 좇는 것이다
그러며 말의 빚쟁이처럼 득달을 하는 것이다
잘못 싸놓은 네 말꼬리 잘못 먹은 네 말머리를
똑 같이 똑같이 붙여 놓거라
— 졸시 「파수의 시」 전문, 2010년 미발표

아파트 부지를 파헤치다 무덤 수백 기가 드러났다

환관 내시들의 무덤이리라 추측되었다

그들은 거세되었지만 발굴되었다

거세의 권능을 지녔던

왕의 성기는 어디에서도 발굴되지 않았다

그러니까 저 떼무덤은 낙관은 징표

단절되지 않는 王은 없다고

모든 뼈다귀들은 똑 같다고

— 졸시 「환관의 무덤」 부분, 『그네』

(《신동엽학회》 2013년)

분화하는, 진화하는 삶의 시를 찾아서 1

《삶이 보이는 창》 99호 앞머리 글을 마지막으로 쓰며 나는 '종아리가 아팠다'고 했던 것 같다. 아마도 책임의 무게와 권태 비슷한 느낌을 그리 표현했던 거 같다. 하늘 아래 새로운 것은 없다 했듯이 무엇을 안 한다고 홀연히 해야 할 무엇이 생기는 건 아니었다. 관성적으로 가는 길, 차이 없는 반복이 지겹거나 버거웠을 것이고 이 나라에서 발간되는 대부분 잡지의 운명이 이 반복으로부터 크게 벗어나진 않을 것이다. 그럼에도 나는 역사성이라는 말을 아낀다. 시간이란 독자적으로 흐르는 것이 아니라 겹겹의 관계와 서사를 안고 이어진다. 때론 무심한 체념, 건설적 체념도 필요하기도 하다. 나는 그런 체념기를 몇 년이나 보냈던 것 같다. 시에 집중해 보자는 의도도 있었다. 그러나 시집을 냈지만 속내를 다 드러내지 못할 우울도 찾아왔다. 그 우울감조차도 나중에는 무감각해졌다. 일상이란 권태와 상처도 주지만 자연치유력도 있는 것이다. 다시금 《삶이보이는 창》으로부터 호출을 받고 망설였다. 생각해보지 않은 일이었다. 연재거리를 여러 날 고심해봤으나 머릿속만 어지러웠다. 그럴 때 어떤 잔잔한 아우성이 들렸다. 집안 곳곳에 외로이 박혀 있는 시집들로부터…… 어쩌면 내 안의 외로움이자 아우성이었으리라. 시인들이 수년 간 혹은 10년 넘게 고투해서 얕은 시집 한 권을 내는데 대부분 시들은 잊힌다. 명망 있는 시인들만 좋은 시를 써내는 것만이 아니라는 걸 증언하고 싶기도 했고 노동시라고 범주화된 시들의 바깥에도 삶과 노동의 맨살을 다루는 시인들이 적잖이 존재한다는 것을 확인하고 싶었다.

흔히 독자들은 노동시라고 하면 노동자가 주체로서 시를 쓴다는 생각을 갖기도 하고, 제재로서 노동을 다루면 노동시라고 이해하기도 한다. 또는 시인의 세계관적 태도가 무엇인지를 통해 범주화하기도 한다. 이 지면에서 이론적인 진술을 하려는 게 아니라 구체적인 작품을 통해 시라는 것이 어떤 경향성은 갖지만 단집합이 아니라는 것, 시라는 것은, 시인이라는 것은 교집합 속에 어우러진 존재들이라는 것을 살피고 싶었다.

시는 결국 '시'가 되어야만 어떠한 이름을 붙여도 부끄럽지 않은 '시'가 되지 않을까 싶다. 좋은 시는 독자성으로 말미암아 궁극에는 보편성을 얻는다. 삶이 다 시가 되지는 않는다. 일상적인 것을 시적인 언어로 뒤집어 와야 한다. 선언으로 시가 써지거나 문학사적 역사를 만드는 것이 아니라 좋은 시를 건져냈을 때 비로소 선언을 증빙한다. 깃발을 들고 달려간다고 문학의 사조가 완수되는 게 아닐 거다. 무수한 사람들이 각이한 삶을 산다. 다양한 노동을 수행하고 이야기가 배어있는 체험을 한다. 그리고 이 세계가 어떠한지를, 나는 지금 어떤 역경과 고뇌 속에 있는지, 나는, 우리는 어떠한 존재와 관계인지를 질문하고 진술한다. 그리하여 시는 생명의 존엄과 사랑을 완성하기 위해, 혹은 도도히 분열하기 위해 모험을 이어간다. 근작 시집에 숨어있는 몇 편의 시를 통해 시는 삶을 어떻게 보듬는지, 그렇게 완성된 작품 속에서 인간의 냄새와 온도가 어떻게 발현되는지를 더듬어보려 한다.

빵집 매출이 저조하다고
사장이 범어 뒷동산으로 불러냈다
동산 한 바퀴를 다 걷는 동안
사장은 돈 얘기만 했다
나는 시든 낙엽처럼 예예 하기만 했다
주인의식을 가지라고 했고
시 따위는 잊으라고 했다
시 따위라니 나도 빵 따위라고 하려다 참았다
아직은,
빵이 시보다 한참 위에 있었기 때문이다

아득하였다 종일을 시 생각만 하며 산 날이 억울하였다
시가 빵을 보고 아무 말도 못 한 날,
엎드려 오래도록 고개 들지 못한 저녁이 있었다
— 김수상, 「빵이 시를 보고」 전문, 『다친 새는 어디로 갔나』

대구에 살며 빵집에서 책임자로 일했던 시인의 체험에서 비롯된 시다. 시 속의 상황이 실제인지 얼마간 가공된 설정인지는 중요치 않다. 시는 현실의 재현이어도 되지만 거기에만 그친다면 시들이 평면화의 함정에 빠지기 쉽다.

나무가 한 나무이면서 다른 나무처럼 보이는 것은 입체성 때문이다. 장사가 되지 않으니 사장은 매니저를 닦달한다. 당신이 시 생각이나 하고 딴짓하니까 매출이 떨어진다는 것일 테다. 시인은 '시 따위'라는 책망에 열불이 터진다. 시는 자신의 본업인데 빵이라는 직업이 본업을 하대하는 추궁하는 것이다. 직업이란 먹고 사는 일이고 본업이란 포기할 수 없는 일일 것이다. 시인은 '빵 따위'라고 말하고 싶은데 참았다. 참았으니까 시가 되었을 것이다. 즉발적 감정이 시가 되기보다는 참고 참다 헤아려 나온 끈끈한 신음이 시가 되는 것이다. 시가 빵을 보고 아무런 대꾸를 못했지만, 이기고 진 것은 없다. 시와 생활의 대결과 긴장이, 때론 이 둘 사이의 흡수와 수용이 시를 빵처럼 부풀어 오르게 할 것이다. 이 시는 빵이 하찮다는 게 아니라 시가 자신의 존엄한 표식이라는 것이다.

> 너는 맑스와 레닌, 마오와 엥겔스를 신봉하는 유물론자였어. 말발이 센. 항상 말을 할 때면. 맑스와 레닌의 무슨 무슨 테제와 강령에 따르면. 으로 우리를 압도했지. 우린 고개만 끄덕였어. 맑스와 레닌. 마오와 엥겔스만 빼면 너의 말은 거의 없었지. 마치 레닌이 인민복을 입고 눈앞에 서 있는 것 같

앉지. 그런 너를 생각할 때마다 오줌이 마렵고. 이데올로기라
고는 하나도 없는 나의 열등한 의식이 두드러기처럼 빨갛게
올라오려고 해. 너의 이름은 따르면이야.

— 김수상, 「따르면」 전문, 『다친 새는 어디로 갔나』

블랙유머에 가까운 시다. 나도 이런 부류의 사람, 몇은 만났던 것 같기도 하다. '따르면'은 사람이기도 했고 책이기도 했으리라. 세상의 구조가 어떻다고 분석할 수는 있어도 대응하기란 얼마나 어려운가. 체제의 구조도 복잡하지만 인간이란 존재의 복잡성이 어떤 사상가의 저서와 논변으로 일거에 해결된다면 오죽 좋겠는가만…… 다만 모든 책은 참고용이어야 하지 않을까. 수행지침서로 여겨서는 곤란하지 않은가. 실감과 실체가 부재한 관념이, 결국 관계의 파국을 불러온다고 말하는 시다. 시는 이미 존재하는 교본들의 바깥에 있다는 것이다. 요지부동의 권력화 된 언어들, 지시하는 언어들로부터 벗어나고자 하는 것이 시라는 것을. 공부하지 말라는 게 아니라 따르면……을 남용하지 말고 당신의 독자적인 말을 하라는 시인의 충고다. 한때는 혁명이라 했으나 관료화되거나 전체주의가 된 국가들, 여전히 군국주의나 제국주의의 망령을

꿈꾸는 나라들의 공통점은 지시어들이 발달했다는 것이다. 이러한 명령문들이야말로 언어와 사상의 속박에 다름 아닐 것이다.

그만 일어나거라 김 빨러 가자
아버지와 나는 목도를 메고 바다로 간다
방파제 끝에 동구리*를 내려놓고
아버지는 물 한 동이씩 붓는다
나는 고무래질로 맑은 물이 나올 때까지
휘젓고 비틀고 누르고 뒤집는다
물 붙은 김은 넘치게 출렁거리고
출렁거리다 넘치면 아버지는 나를 탓했다
날은 춥고 귀 시리다
젖은 김 들고 겨울 볕을 따라가면
먼저 도착한 겨울 볕이 발을 옮긴다
햇볕 따라가며 떼어 낸 김들을
저린 콧등에 침 발라가며
온가족이 다시금 한 뭉치씩 갠다
오금 저리며 갠 숫자를 깜박깜박 잊어먹어
하루 종일 더하고 뺀 김 다발을

어버지는 조합 띠지로 밤이 깊도록 한 톳씩 묶었다

* 동구리: 대나무로 엮어서 만든 원통형의 통

— 전홍준, 「겨울밤」 전문, 『눈길』

안면도가 고향인 전홍준 시인의 성장사이다. 한 톳의 김이 어떻게 우리의 입속에 오는지를 아는 이 흔치 않을 것이다. 어릴 적 우리 마을 사람들도 김농사를 했다. 바닷가에 김이 달라붙도록 지주를 세우고 채취해온 김을 씻고 일일이 손으로 발장에 떠서 볕에 말렸다. 김이 나는 때가 가장 추운 겨울이라 바다에 나가 김을 걷는 일도, 뜨는 일도 여간 고역이 아니다. 나는 옆집에서 바람에 떨어져 날라 오는 김을 주워 먹기도 했다. 물김을 잘 씻어 식초와 약간의 양념을 해서 먹으면 목이 미끄럽게 시원하니 맛있다. 농촌이나 어촌이나 아이들도 노동력이었다. 일 못하는 아이들은 늘 지청구를 먹었다. 다 먹고살려고 하는 것을 아니까 아이들도 궁시렁거리며 참고 일했다. 어려서부터 일을 통해 생활을 느끼고 부모들의 고행을 들여다보며 일찍 철들기도 했을 것이다. 김은 백 장 단위를 한 톳이라 한다. 백 장을 정확히 맞추다 보면 졸립기도 하고 딴생각도 났을 테니 그러면 다시 세어야 하는 것이다. 이 겨울밤이 어떠하신가. 시적인 기교나 어휘를 동원하지 않지만 그냥 애잔하고 애틋하다. 우리 고향에는 '총올치'라 불렀던(아마도 칡 껍질을 가공해 만든 벽지 재료인 걸로 안다) 줄거리 잇는 일을 겨울의 소일거리로 삼았는데 나와 여동생들도 안 할 수는 없었다. 물기에 젖은 줄거리를 손이 곱아 화롯불을 쬐며 잇고 또 잇고 꿰미를 꾸던, 오금 저리고 지루하던 추운 겨울날이 생각난다. 생활이란 이처럼 오금 저린 것, 그리고 혼자서 빠져나갈 수 없는 구멍 없는 그물 같은 것이었다.

두 번째 함암치료 후
아내는 긴 생머리가 움푹움푹 빠지자
아예 머리를 밀고 왔다
착한 스님 한 분이 오셨다고 서로 웃었다
모든 근심 내려놓으려는지
아내는 털이 다 빠져나가고
나는 밤마다 시름에 짓눌려
짧은 머리 한쪽이 항상 들떠 있었다
긴 머리를 깎을 때면

미용사더러 들뜬 머리 좀 차분히 손질해 달라고 했다
미용사는 잠버릇 때문일 거라고
한쪽으로 쏠린 털을 차분히 다듬어 주었다
짓눌린 것은 다른 한쪽을 일으켜 세우나 보다
— 전홍준, 「털」 전문, 『눈길』

유난히 아픈 이들이 많은 요즈음이다. 아팠다 하면 암인 세상이다. 어쩌랴. 50대 초반으로 유추되는 시인의 아내와 시인이 말할 수 없이 짠하다. 머리칼에 물을 적셔 가라앉히듯 슬픔을 담담히 잠재우며 진술하는 고해가 애잔하다. 당신의 고통이 나의 고뇌를 만든다. 웃음도 통증도 다 전염되는 실물들이다. 나도 머리뼈를 다쳐 살짝 짓눌려 있어서인지 한쪽 머리칼은 눌려있고 한쪽은 들떠 있다. 이 모양이 거슬려 이발을 자주 하는 편이다. 시인은 근심을 안고 사는 머리칼 한 편이 들떠있다고 한다. 빠져나간 아내의 머리칼과 융기하는 자신의 머리칼은 고통과 희망의 동일체다. 시는 각기 다른 형태의 대비를 통해서 동질성을 극대화하기도 한다.

아무것도 오지 말아라

미관말직도 오지 말고 비굴한 웃음도
가난한 살림살이에 대한 예찬도
근사한 연단도 오지 말아라
나에게는 아무것도 오지 말아라
먹먹했던 그날의 밤하늘도 오지 말아라
오래 전에 불렀던 노래도
다시 오지 말아라 그러나
담뱃값 정도 저녁에 친구와 마시는
너무 빈약하지 않은 술값 정도만
와라 떨리는 당신의 눈웃음만
와라 나에게는 아무것도
오지 말아라
풀잎에 얹혀사는 자벌레 같은 시간만 와라
그러니까 나에게
아무것도 오지 말아라
꽃다발도 광채가 나는 명함도
오지 말아라
10년째 앉아 일하는 이 의자가 나는 좋다
그러니 번개 품은 먹구름만 와라
까닭 없는 설렘만 와라

그것만 와라—

— 황규관 , 「아무것도 오지 말아라」 전문, 『이번 차는 그냥 보내자』

이 시는 와라, 와 오지 말아라 간의 대립이다. 무엇을 품고 무엇을 배척할 것인지가 분별력일 테다. 독자적인 분별력이 시인의 사상이고 시는 그것의 의표다. 시인의 자리는 벼슬인가. 명예라는 벼슬은 있을 것이다. 그러나 현실 권력 속에서는 미관말직도 오지 말라는 것이다. 감투욕과 명예를 독점하는 욕망에도 빠지지 말고 금빛 명함을 돌리는 사람으로도, 꽃다발을 자주 받는 사람으로도 오지 말라며 시인의 자리가 어디여야 하는지를 역설한다. 심지어 자발적 가난도 오지 말라는 것이고 근근이 끈끈히 이어가는 자벌레의 일상 같은 나날만, 무엇보다 설렘을 잃지 않는 날들만 오라는 것이다. 이 시는 사상과 생활과 감성이 두루 겹을 이뤄 잘 직조한 시다. 자신을 깬 시들이 독자를 깬다. 번개 품은 먹구름은 폭풍우의 전조다. 그 세찬 비가 씻겨낼 맑은 세상 하나쯤은 꿈꾸며. 나는 어쩌면 세 사람이 쓴 다섯 편의 시를 통해 사람이 사는 일들을 얘기해봤다. 사니까 쓰고 서러워서 쓰고 잃지 않고 싶어서 쓰고 사랑해서 쓴 시는 오늘도 내일도 태어난다.

(《삶이 보이는 창》 2020년)

분화하는, 진화하는 삶의 시를 찾아서 2*

2019년 한국고용정보원이 공개한 이 나라에서 가장 가난한 직업의 순위가 나왔는데 자랑스럽게도? 시인이 일등을 먹었다. 2위부터는 수녀, 신부, 연극, 뮤지컬 배우, 전도사, 보조교사, 소설가 순이라고 한다. 이 세상에는 시인이 너무 많다는 푸념과 비판도 많은데 그럼에도 이 가난한 직군은 왜 자발적인 실직이 없는가? 아마도 이 업은 경제활동의 영역에 속한 직군이 아니라는 불문율을 받아들이고 시작했기 때문이 아닐까 싶다. 크게 망할 일도 크게 성할 일도 없기에 이직이 없는지도 모르겠다. 나는 부

* 애초 이 꼭지는 근자에 발표된 시 위주로 글감을 잡으려 했으나 쉽지 않았다. 공통성이 있는 작품을 선정하다 보니 최근의 작품들과 오래 전에 나온 작품들을 섞어 인용했다. 이 연재 또한 부담이자 게으름으로 더 이상 이어가지 못했다.

지런히 쓰지도 못하지만 시인을 전업적 직업으로 생각해 본 적이 없다. 이 일을 전업적인 일로 삼았다가는 라면도 못 먹고 살 것이기 때문이고, 시라는 것이 전문적 영역이긴 하지만 시만 쓴다고 해서 좋은 시가 써지는 것도 아닌 것 같았다. 무엇보다 시만 쓰고 살고도 싶었으나 나를 에워싼 생존의 조건들이 그것이 불가능한 것임을 늘 주지시켜 주었다. 극소수의 시인들이 전업시인을 업으로 문패를 걸기도 하지만 그 소득이란 게 순수 원고료가 아닌 강의료나 상금, 기금 등의 그야말로 비정규적인 소득이다. 어떤 이들은 세상이 시인을 하대하고 대접해주지 않는다고 불평하기도 하고 '월급'받는 시인을 꿈꾼다고 하지만 어느 나라든지 시인이라는 자체로 국가의 예우를 특별하게 받는 곳은 없는 것으로 안다.(한국에서는 거의 유일하게 극소수의 〈예술원〉 회원이 되면 먹고살 만한 예우를 해주는데 선정의 불공정성 등에 대한 비판이 많다) 일부 사회주의적 국가에서도 다른 직업을 병행하는 것이 대부분이고 사서나 기자 등의 직업을 잡기에 수월하다는 얘기는 들은 적이 있다.

결국 시인이라는 것은 누가 멍에를 부여해 끌고 가는 업도 아니고 먹고사는 일로서의 직업도 아닌 것 같다. 나는 시를 '직업'이 아닌 '본업'이라 말하곤 한다. '내가 하고 싶어하는 그 무엇에 앞서는 중요한 일'이라는 뜻으로서의 본업이다. 이렇게 개성적인 각자의 삶이 시의 바탕이 되기도 하고 다양한 시의 층위를 만들어내고 변별성을 갖는 요건이 되기도 할 것이다. 시가 먼저냐, 삶이 먼저냐? 하는 문제를 놓고 고심을 해볼 때가 있다. 내 결론은 그 둘이 선후차를 구별하는 것이 중요한 게 아니라 그 둘은 맞물려 가는 것이란 것, 독립적이되 합일되고 합일되다가도 돌출되어 뛰쳐나가서 게으른 한 편을 끌고 가는 것이 시라는 생각이다. 시인이 되기는 쉬울지 몰라도 괜찮은 시를 꾸준히 쓰는 것은 너무 어렵다. 아주 소수만이 그 장기적인 레이스에서 호흡을 지키고 꾸준히 뚜벅뚜벅 걸어가거나 뛰어간다. 무엇보다 '예술적 의지'란 단순히 보편적인 삶을 잘 사는 것에서 얻어지는 것은 아닌 것 같다. 젊은 시절엔 시의 메시지를 중시했다면 쓰면 쓸수록 시 자체에 담겨있는 고유한 생동이, 시가 스스로 만들어 내는 시의 물길이나 행로 같은 것이 있다는 걸 느끼게 된다. 이를테면 '미학성의 숙고' 없이는 삶만으로 시를 이루기는 어렵다고 생각한다. 삶의 문제와 시의 문제를 끄집어내는 것이 버거워 잡설이 길어졌다. 이번에 다루게 될 글의 제

재는 '식구'나 '관계'에 대한 것들이다. 우리는 천부적으로 맺어진 혈연과 사회적 인간으로서 맺어진 존재들인 이웃들, 친구들, 이 겹겹의 관계들을 빼놓고 살아갈 수 없듯이 시는 이들의 결연성을 헤아리고 심지어 파국까지도 드러냄으로써 시가 폭넓은 인문학임을 보여준다.

한 달여 비워둔 집
엉거주춤 남의 집인 양 들어서는데 마실 다녀오던
아랫집 어머니가 당신 집처럼 마당으로 성큼 들어와
꼬옥 안아주신다 괜찮을 거라고
아파서 먼 길 다녀온 걸 어찌 아시고 걱정 마라고
우덜이 다 뽑아 김치 담았다고 얼까 봐
남은 무는 항아리 속에 넣었다고

평상을 살펴보니 알타리 김치통 옆에 늙은 호박들 펑퍼짐하게 서로 기대어 앉아 있고, 항아리 속엔 희푸른 무가 가득, 키 작은 줄엔 무청이 나란히 매달려 있다. 삐이이 짹짹, 참새 떼가 몇 번 나뭇가지 옮겨 앉는 사이, 앞집 어머니와 옆집 어머니도 기웃하더니 우리 집 마당이 금세 방앗간이 되었다. 둥근 스뎅 그릇 속 하얗고 푸른 동치미와 살얼음 든 연시와 아

랫집 메주가 같이 숨 쉬는 평상, 이웃들 손길 닿은 자리마다
흥성스러운 지금은, 입동 지나 소설로 가는 길목

나 이곳 떠나
다른 세상 도착할 때도
지금은 잊어버린,
먹고사느라 잊고 사는 옛날 내 이웃들 맨발로 뛰쳐나와
아고 내 새끼 할 것 같다 엄마처럼 덥석 안고
고생 많았다 머나먼 길 댕겨오느라
토닥토닥 등 두르려줄 것 같다
참새떼처럼 명랑하게 맞아줄 것 같다
— 김해자, 「이웃들」 전문, 『녹색평론 170호』

이 시에는 특별한 복선이나 은유가 없다. 시인이 몸이 크게 아파 치료를 받고 다시 마을로 돌아갔을 때 한 마을 사람들이 명랑한 '참새떼'처럼 다녀가며 안부를 묻고, 안아주기도 한다. 시인이 텃밭에 가꾼 배추를 뽑아 김치도 담가 장독에 묻어두고 시래기는 잘 말려두고 있더란 얘기, 우리가 잊고 살았던 공동체의 원형 같은 따스함이 드

러난다. 시에서 보자면 화자는 굳이 어디가 어떻게 아프니 하는 말도 남기지 않고 대처에 있는 큰 병원을 간 것인데 마을 식구들은 지레짐작으로 부재의 원인을 알아채고 한 식구처럼 집을 가꿔주고 양식을 남겨주었다. 글을 쓰면서도 마음이 따끈하게 시큰하다. 이 시에서 주요한 결연의 매개는 참새들이다. 시인이 돌아오자 그의 집은 참새방앗간이 되었고 마침내 우리가 현세를 떠나도 우리가 한 식구들처럼 지내던 피 한 방울 섞이지 않은 삶의 관계들이 참새떼처럼 우리를 마중할 것이라는 것, 시라는 것도 결국 관계론에 대한 탐색일 수밖에 없다. 좋은 시들은 이질성 속에서도 동질성을 발견해내고 동질성 속에서도 특수성을 솎아낸다. 화이부동(和而不同)이랄까. 어떤 소소한 사물과 생명일지라도 제 역할과 가치가 있고 시인들은 그것들이 매개해주는 겹겹의 주파수들을 기막히게 잡아내는 것이다.

> 어릴 적 누님을 부둥켜안고 울면서 듣던 밤바람 소리 속에는
> 멀리 윗녘으로 겨울장사를 떠난 어머니의 목소리가 섞여 있었습니다

언제부터인가 혼자서 듣는 밤바람 소리 속에는 캄캄한 저승에서 서로 부둥켜안은 어머니와 누님의 목소리가 함께 섞여 있습니다

아득한 곳에서 홀로된 그대가 듣는 밤바람 소리 속에는 어머니와 누님을 부둥켜안은 내 목소리도 함께 섞여 있을는지요.

— 송기원, 「밤바람 소리」 전문, 『저녁』

우리는 언젠가 헤어지는 존재다. 시인에게는 어릴 적 대처로 겨울장사를 나간 어머니가 계셨나 보다. 엄마가 없는 겨울집이라는 건 추위와 배고픔과 외로움의 거처였을 테다. 어린 남매들이 부둥켜 울며 엄마를 기다렸을 텐데…… 세월이 흐르며 이제는 어린 동생을 품어 달래주던 어린아이였을 그 누님도 바람 소리 속으로 가신 것이다. 마침내 시인 자신도 그 밤바람 속으로 사라질 것이라는 것, 그 누군가는 어머니와 누님을 부둥켜안은 소년의 목소리까지, 밤바람 소리를 통해 듣게 되리라는 암시가 우리를 아프게 하고 더 철들게 한다. 우리는 일찍 철든 아이들을 통해서 슬픔의 두께를 키워 왔다. 그러나 철없는 아이들이 압도적으로 많은 세상이 더 궁극의 세상이 아니

랴. 나도 그렇지만 많은 사람들은 어른이 되어서도 '자라지 않는 아이' 하나를 곁에 두고 잔다. 그 아이들이 때때로 시인의 페르소나가 되기도 한다.

내 첫 친구는
귀밑 단발 산뜻한
소녀도 아니었고
작대기 허리에 차고
졸병 거느리던
골목대장도 아니었다
온몸 등나무처럼 꼬여
대청마루 기어 다니던
말 한마디 천근만근
목구멍으로 올리던
나보다 두 살 많던
뇌성마비 옆집 형이었다
손짓발짓 일 년
한 몸으로 지낼 때
어머니는 아직
한 해 더 영글어야 할 나를

학교에 입학시켰다

못 견디고 일주일 만에

학교를 도망치던 날

구불텅구불텅 신나게 달려

왈칵 친구 집 대문을 열었을 때

보았다, 꾸물꾸물

대청마루 기어 와

내 몸속으로 들어오던

뜨거운 눈동자를

— 이장근, 「뜨거운 눈동자」 전문, 『당신은 마술을 보여달라 한다』

시인에게는 어린 친구가 있었다. 한 살 많은 뇌성마비를 앓던 아홉 살짜리 친구였다. 늘 같이 놀다가는 자신은 입학을 하게 되고 새로운 친구들을 만났으나 내내 아른거리는 친구는 대청마루만 기어 다녀야 하던 그 친구였다. 학교는커녕 문밖에도 나갈 수 없는 그 친구가 맘에 걸려 일곱 살 아이는 학교를 뛰쳐나와 그 친구 집으로 달려간다. 대청마루를 기어 나오는 뜨거운 눈동자가 눈과 가슴에 박힌다. 마치 성장 영화의 마지막 장면 같기도 하다.

내게도 어릴 적에 한동네에 사는 한 살 많은 형이 있었다. 다운증후군을 앓았고 학년은 2학년이 낮았다. 수업 중에 교실 문을 두드려 나가보면 그 친구가 와 있었다. "도온마나…… 나하고 노올자." 선생님은 웃으며 나가서 놀다 오라고 해줬다. 그 친구와 할 수 있는 놀이는 마땅치 않았지만 막대기 하나씩 들고 논둑길을 걷기도 했고 쑥을 캐기도 했고 귀찮게 하는 친구가 불편하기도 했었다. 지금은 어디 요양소인가에 있다는데. 우연히 만난 그 친구의 형님이 한숨을 쉬며 그러는 거다. "빨리 가야 하는디 가도 않고…… 그러네."

식구라는 말이 그리워 옥편을 들추니
밥식에 입구라고 쓰여 있다
밥 먹는 입 밥 먹는 구멍 밥 먹는 아가리

거지엄마가 거지새끼들을 새끼줄에 묶어
주렁주렁 끌고 가는 걸 본 적이 있다
새끼줄을 왜 새끼줄이라 부르는지 그때는 정말 몰랐다

온 세상 숟가락 부딪는 소리 가득한 저녁

문득 새끼줄 맨끄트머리에라도 매달려 따라가고 싶었다

— 조길성 시 「식구」 전문, 『나는 보리밭으로 갈 것이다』

나는 식구라는 말을 좋아한다. 시에서도 쓰고 어휘로도 자주 쓴다. 식구라는 말의 유래가 어디서 왔든지 간에 그 낱말은 살가우면서 서러움을 준다. 아마도 시인에게는 가난한 일점의 식구들조차 없었나 보다. 새끼들을 줄줄이 묶는 줄이라 해서 새끼줄이라 한다는데 이것이 실체적 해석인지, 시적인 해석인지는 몰라도 그런 줄줄이 묶어 끌고 가는 거지 식구들일망정 '식구'가 되고 싶다는 간절함이 누군가에겐 있을 것이다. 사람들은 너나없이 외롭다고 말한다. 자신이 가엾다고 말하기도 한다. 그러나 여기에 실린 4편의 시가 보여주듯, 시라는 것은 자기만의 소아적 연민을 넘어서는 사유와 감성을 탑재했을 때 더 빛을 발한다. 시가 기억을 소환하고 재구성하여 끝내는 전염력 강한 반영구적인 기록장치가 될 수도 있음을 보여준다. 세상이 코로나19 사태로 어수선하다. '사회적 거리두기'라는 신조어도 대유행이다. 작금에 '인간의 거리'와 '곁'의 존재들을 생각해본다. 사람에게는 이기적 본성도 있지만 살핌의 대상들과 함께 살려는 협력 본성이 있기에 우리는 환난을 이겨낼 수 있을 것이다. 진보라는 것도 그 속성 안에서 가능성을 갖고 있으리라. 고통도 웃음도 퍼져나가는 속성이 있다. 시라는 것도 뭐 하나라도 이타적으로 기여하려는 속성이 있으리라 믿어본다.

(《삶이 보이는 창》 2020년)

유한성에 공손히 수그리는, 초식주의자의 미학

— 이상열 시집 『세 그루 밀원』 발문

예술가로서 그림을 그리는 것이 무엇인가를 오랫동안 생각한 끝에 깊은 슬픔을 만나는 것이라는 결론을 얻었다.

— 도리야마 디에코

형을 만난 건 그리 오래전은 아니다, 2016년이던가. 서울 혜화동에서 처음 만났다. 마로니에 공원 지하 전시장에서 그는 여러 시인들의 서화 작품을 전시하는 허드렛일을 열심히 하고 있었다. 나도 안상학 시인의 거의 반강제적 권유에 못 이겨 써보지도 않은 붓글씨 몇 점을 출품한 터라 설레기도 하고 면구스럽기도 한 자리였다. 그날 같이 밤늦도록 술을 마시고 무슨 말을 나눴는지 생각도 나지 않지만 그는 술 좋아하고 사람 좋아할 성싶은 격의 없는 인상이었다. 그 자리엔 구중서 선생님과 안상학 형도 같이 있었는데 역시나 젊은 우리들이 술자리의 주제를 주도했고 구중서 선생님은 그 긴 시간을 마애불처럼 미동도 없이 간혹 추임새나 해주시며 동석해 주셨던 기억이 난다. 그는 화가이자 시인이고 시인이자 화가이다. 무엇이 더 큰 본업인지는 잘 모르겠으나 시는 먹고 사는 데 큰 조력이 되지 않을 것만은 분명할 터이다. 소식이 궁금해 가끔 전화해 보면 안 받을 때도 있고 나중에 기별이 올 때도 있는데 외국의 어느 벽촌에 머물다 왔노라는 소식을 듣기도 했다. 그가 숯검정이 된 부지깽이 몇 개만 들고도 주유천하(周遊天下)하며 사는 삶이(시인의 말에 썼듯이) 헛개나무 몇 그루를 심어 놓고 꿀을 치며 채마밭을 가꾸며 시 쓰고 술 마시고 그림 그리며 사는 삶이, 조금은 부럽기도 했다.

시인의 말에 등장하는 헛개나무는 간을 해독하는 데 특효이고 꿀도 술독을 다스린다. 그 나무를 심어 가꾸며 상복하는지는 모르겠으나 상징적인 아이러니이기도 하다. 간을 해독하면 술을 더 먹게 되니 과연 그 작물이, 꿀이라는 채집물이 약인지 독인지 모를 일이다. 어차피 우리 생이 이러 저러한 아이러니의 무한 변주 아니겠나. 그의 전공은 동양화인데 붓끝이 잔잔하면서도 호방하다. 서체도 무엇에 매이지 않는 독특한 분방함이 있다. 과문하지만 묵과 붓은 흘림과 농도의 예술이기도 할 터인데 그가 붓이라는 부지깽이를 쥐고 살게 된, 평생의 업이 된 서사가 이렇다 한다.

봄나물을 먹었네
무쳐 먹었네
봄나물을 먹었네
데쳐 먹었네
그냥 나물인 줄만 알고 먹었네

삽작 밖으로 달려오는 부지깽이 어메와
삽작 멀리 도망가던 어린 내가
울컥,
목구멍에서 만났네

어메가 던진 부지깽이 끄트머리엔
숙제 안하고 놀기만 하는

아들 향한 애증이 박혀있었네

숯처럼 까맣게 탔을 젊은 어메

그런데, 어메!

어메는 내가 부지깽이 들고 먹고 살줄

어째 알았니껴?

—「부지깽이」 전문

부지깽이는 아궁이에 넣은 땔감을 뒤적여 불이 잘 붙도록 하는 막대기다. 막대기가 아궁이를 들락거리다 보면 끝에 불이 붙기도 하고 그것이 숯과 진배없는 필기구가 된다. 나도 아궁이에 불을 때다 불붙은 부지깽이로 부엌바닥에 뭔가를 끼적거리던 기억이 난다. 그림이기도 했고 욕이기도 했고 무슨 문장이기도 했을 것이다. 회화예술이나 문자예술의 시원이 낙서가 아닐까 싶기도 하다. 시인의 성장기를 보면 아주 성실한? 부류의 아이는 아니었던 것 같다. 공부보다는 놀기를 좋아하고 개구지고 엉뚱한 사유체계가 발달했을 것만 같은 까만 촌놈처럼 읽힌다. 부지깽이를 들고 삽짝(사립문) 밖으로 아들을 잡으러 오는 엄마와 이를 피해 도망가던 아이가 먼 세월이 흘러 부지깽이와 나물을 통해 조우하는 맛이라니.

꽃 피는 봄은 갔다
지는 꽃은 다 계절 탓인 줄 알았다
쓸쓸한 바람이 녹음 위로 지나갔다
먼저 진 꽃자리마다 짓무른 화농(化膿)이 피를 토한다
상처 위로 쏟아 붓던 한 움큼 에탐부톨 같은
검붉은 열매가 떨어진다
떨어진 자리,
한 땀 두 땀 바늘땀 기억이 시퍼렇게 생생하다
밟힐수록 선명한 붉은 맹서가 아물지 않은 흉터 위에 각인
된다
이지러진 그대 꿈을 친친 짓이겨
혈서를 쓴다
밟을수록 선명한 혈서를 쓴다
아직,
갈빗대 사이 서늘한 바람이 분다
가슴 한켠 아물지 않은 상처가 있다
— 「각혈(咯血)」 전문

에탐부톨이란 어휘에서 한참 머뭇거렸다. 생소한 약명이기도 하거니와 시인의 살집 없는 체구가 떠올랐다. 화자가 갈비뼈 안쪽이 아픈 큰 병을 앓았을 것이 틀림없다. 각혈과 갈빗대 사이의 통증, 입에서 피를 토할 때의 두려움은 짐작해 본 적도 없지만 몸의 고난을 통해 '꽃 피는 봄은 갔다'고 자탄하는 마음이 무엇일지는 맥이 잡힌다. 우리는 큰 병을, 혹은 큰 고난을 앓고 난 사람들이 한결 낮은 숨소리를 내고 사는 걸 볼 수가 있다. 타자의 고통에 더 연민하는 쪽으로 감정이 더 진화하기도 하는 걸. 고통 뒤에는 열망도 생기는데 그것은 놓고 살아야 한다는, 욕망을 덜 하려는 욕망일 경우가 적지 않으리라.

그는 강가에 산다
그도 한때 도시에서 살았다
그는 언제나 돌을 깬다
그는 언제나 돌을 쫀다
그는 언제나 돌을 간다
그 돌의 정체는 도시에서 쓸모를 다한 돌이다
깨고, 쪼고, 갈아서 완성한 그의 작품은
방금, 타조가 낳은 따뜻한 알보다 크거나 조금 작거나

하지만, 타조 알 보다 분명 뜨겁다는 사실
언젠가 그에게 조각을 하지 왜 철학을 하느냐며 타박을 주기도 했지만
손등 위 굵은 혈관만이 가쁘게 헐떡일 뿐
알 수 없는 미소만 띤다
—「강돌 만들기-조각가 안시형에게」 부분

시인의 벗으로 보이는 조각가는 쓸모를 다한 돌을 다듬어 실내 작업실이나 갤러리에 놔두지 않고 다시 강가에 놓아둔다. 자연 속으로 돌아가지 못하는 돌들을 채집하고 가공해 자신의 소유물로 여기지 않고 다시 자연화 하는 예술적 태도를 타박해 '왜 철학을 하느냐?' 묻지만, 이미 그 사람에게 동화되고 있는 화자의 지문 같이 느껴진다. 그리하여 이 자연 속의 전시장에 어떤 방문객들이 있단 말인가!

꺽지, 빠가사리, 모래무지, 퉁가리, 참마자, 피라미, 갈겨니, 끄리, 참종개 등등
이름도 알 수 없는 수많은 갤러리 들이 다투어 분양경쟁을 하는 듯 보였다

수량이 줄 땐 잠자리도 날아와 고상한 연애를 한다며 매우 흡족해 해서

덩달아 흡족해하기도 했다

—「강돌 만들기-조각가 안시형에게」 부분

이 시는, 혹은 여기에 등장하는 예술가의 태도는 많은 시사점을 보여준다. 겸양의 관점에서 보자면 시라는 것도 언어의 채집이다. 서사의 채집이며 이미 존재하는 철학과 사유의 모방이나 변용일 때도 적지 않다. 그런 의미에서 순수한 창작이라는 것은 불가능한 영역이 아닐까 싶기도 하다. '독특한 창작'이라 부른다면 모를까. 시는, 혹은 문자 예술은 써서 내보이는 순간, 자신의 것만은 아니고 독자를 통해서 재해석 되고 변용된다. 그것이 역동적인 예술의 가치이자 확장력일 것이다. 이 사회는 사적 소유의 욕망으로 들끓는 세상이다. 결국 자연을 점유하고 훼손하는 능력이 인간의 유능한 능력이 돼버린 시대에 절박한 정신은 내 것으로부터 '놓아 주는 것'이 아닐까. 더 많은 소유와 집착으로부터의 회피가 아닐까. 가만히 놔주는 힘을 뺀 손아귀를 갖는 것이어야 하지 않을까.

저 산과 이 산이 비껴가는 계곡 사이를
휘적휘적 걷다 보면
봄물은 질컥이고,
우거진 잡목 사이 진달래 붉은 꽃이 설핏설핏 피었는데,
그 색이 꼭,
늙은 어매 꽃 시절 널어놓던 낡은 서답 같아
참, 황망하고 쓸쓸하다

꿀밤나무 뻗친 가지에는

입 같지도 않은 잎들이 투덜거리며 말을 하는데,
말 같지 않은 말들을 귀 기울여 듣다 보면
이 나이 먹도록 자식 걱정 애간장 끓이는
울 어매 지청구 같아
애먼 가지 하나 뚝, 분질러
우적우적 붉은 꽃잎 씹어 삼킨다

꽃맛이 쓰고 떫다
—「꽃맛」 전문

우거진 잡목 사이에 핀 진달래를 보며 젊은 날의 엄마를, 엄마의 널어놓은 붉은 빛 도는 서답(면생리대)을 떠올리는 아득함이라니. 어릴 적 장롱에 있던 후리덤이라는 일회용 생리대란 것이 신기해 친구들에게 이게 뭔지 아느냐고 물어봐도 아무도 모르던 촌구석에 살던 나로서는, 이태 전에 돌아가신 어머니 생각이 났다. 내가 가장 어렸고 엄마가 가장 젊었을 때의 얼굴이, 머리칼에 배인 불내와 끌어안고 자면 향긋했던 엄마 냄새가. 엄마는 솔가리를 긁어 칡넝쿨로 묶은 커다란 롤케익 같은 나뭇동을 머리에 이고 나는 작은 지게에 몇 짐의 나뭇짐을 지고 진달래꽃을 꽂고 위태하게 흔들리며 산길을 걷는 엄마를 걱정하던 어린 내가 떠올랐다. 시인은 아직도 어머니의 애를 끓이고 지청구를 먹는 그 맛이란 것이 진달래꽃 같은 살짝 달았다가 끝내 떫게 남는 그 회한이란 맛이란 걸 알 것 같기도 하다.

노모차는 근래 출시된 친환경 경노애친(敬老愛親) 차량이다.

노모차의 다른 이름은 실버차 혹은 보행보조차로 불리기도 한다.

이 차는 엄격한 규정에 의거 아무나 운전할 수 없는 특수 차량이다.

노모차를 애용하는 노모차전국연합(老母車全國聯合)에서 암묵적으로 제시한 운행자격 및 주의 권고사항을 살펴보면 다음과 같다.

첫째, 맞벌이 자식을 둔 할머니로서 첫 돌부터 유치원 입학 전까지 손자를 태우고 주행연습을 한 경력을 통장이나 이장을 통해 확인할 수 있어야 한다.

둘째, 40년 이상 과도한 노동으로 고질적인 척추 협착증이나 퇴행성관절염 내지는 골다공증을 앓고 있다는 의사의 소견이 첨부되어야 한다.

셋째, 인도人道에서는 6·25동란 후 출생한 젊은이의 보폭을 추월해 운행하거나, 내리막 차로에서 옆 차량을 추월하여 운전자의 간담을 서늘케 하는 행위를 금지한다.

넷째, 미자격자가 노모차를 이용해 교통 병목구간에서 상습적 상행위를 했을 시 노모차전국연합 회원이 될 자격을 영구히 박탈한다.

다섯째, 졸지에 부자가 된 자식이나 먼저 간 영감님이 남겨 주신 재산으로 과도하게 차량을 치장하여 안전운전에 지장을 초래하거나 위화감을 조성해 마을에 풍파를 일으키는 일의 자제를 권고한다.

여섯째, 차량이 노후되거나 싫증이 나거나 옆집 할머니가 더 좋은 노모차를 뽑았을 때는

가차 없이 손자에게 전화하거나 바퀴 하나를 뽑아 버리고 며느리에게 전화한다.

일곱 번째, 아들집 전화번호가 아른아른하거나 손자 얼굴이 가물가물하거나 먼저 가신 영감님이 젊은 모습으로 비단 금침에 드시거나, 하는 현상이 반복되면 노모차를 깨끗이 닦아놓고 편안하게 왔던 길을 되짚어 가시면 된다.

돌돌돌,

—「노모차(老母車)」 전문

유모차가 아이들을 태우는 용도보다 노년의 허무를 보여주는 상징물같이 돼버렸다. 그 작은 바퀴들은 어쩌면

자식보다 나은 수발을 들고 있다. 이를 제재로 쓴 여러 편의 시를 봤지만 이 시는 마치 만담 같은 유머스러움을 선사한다. 대개 생의 말미를 비장미나 엄숙미로 다루지만 이런 골계미가 더 필요한지도 모른다. 더 유쾌하고 리얼한 전원일기같이 말이다. 시편 곳곳에는 이상열 특유의 장난기가 적지 않다. 그러니까 부지깽이로 혼났을 것이고 더 진화된 붓을 들고 작품을 그리며 가르치며 밥을 벌어먹으며 살고 있을 것이다. 이 생래적인 천성을 고쳐 달리 살기 쉽지 않으리라. 우리가 농담을 많이 하려는 것은 슬픔의 서정이 충만하지 않아서가 아니라 심신을 뚫고 나간 비극을 견디기 위한 자구책이기도 하다. 오십 대를 넘기면 우리는 대개 고아가 되거나 고아가 될 준비를 해야 하고 아이들은 청년기로 접어들 것이다. 세대의 소멸과 새로운 입성을 실감할 나이가 된다. 시인에게도 그러한 과도기가 몰아친다.

안동병원 응급 중환자실
기계가 뿜어주는 공기로 생존하고 있는
아버지 동공은 응급실 천장 너머 저 멀리
어딘가를 주시하는지 알 수 없는

아버지 묶인 두 손에 남아있는
온기를 느끼던 마지막 밤이 지나고
눈물도 없이 그만
아버지 손을 놓쳤다
앞서 가는 아버지를 따라가는 길가엔
조등을 밝힌 등꽃이 새벽을 열었고
덜컹,
아버지 청춘을 바쳤던 철로 너머
통근열차가 느리게 지나가고

〈들밥 주문 배달합니다〉
〈가는 정 오는 정 T.635-5805 영주시 영주로 334. 청구하이츠 상가〉

엄마가 이고 온 따순 들밥을
오순도순 나눠 먹던 연못가 뗏장 위 아버지 자리가
문득 생각나 눈물이 핑 돌았다
—「들밥」 전문

나는 서사가 개입된 시들, 삶의 내막이 들어 있는 시들을 좋아하는 편이다. 삶의 세부를 드러내되 묘사와 진술과 사유가 융화된 시들, 평범한 삶들 속에서 비범함을 끄집어내는 시들에게 매혹을 느낀다. 핏줄은 관념이나 아포리즘으로 다뤄지지 않는 실감적인 진술의 영역이다. 우리가 함께 들밥을 나눠 먹던 밥 자리가 영영 누워야 할 묫자리이기도 하다는 시적 상황에 여러 상념이 든다. 나는 어떤 글에서 '유한성에 포획된 우리의 운명이 예술할 힘을 주는 것이다' 이런 비슷한 문장을 쓴 적이 있었다. 영생하는 세계에서 예술이 무슨 필요가 있을까. 그 심심한 세계가 지옥일지도 모른다고. 지난 6월 우리는 안타깝고 슬픈 별리를 겼었다. 바로 《녹색평론》 김종철 선생의 안타까운 소천이다. 근자에 그분의 저작들을 읽다가 희한하게도 내 정념과 일치하는 여러 문장을 접하고 그 분 아래서 배운 바 없으나 '입장의 동일함'이라는 측면에서 얼마간 경이롭기도 해서 선생님의 부재가 더 속상했다. 선생님이 글 속에 자주 상용하는 인상적인 어휘는 '환대'였다. 너무 똑똑하거나 여러모로 가진 것이 많은 사람들에게 결여된 것이 있다면 타인을 대할 때의 거만함 같은 것인데 어쩌면 이러한 철학도 '생명'과 '소유'를 바라보는 관점에서 파생된 것이 아닐까 싶다. 자신이 유한성의 존재임을 자각할 때는 내 것은 내 것만은 아니게 되고 타자와 온생명들이 귀하게 존중하며 어울려 살아야 할 환대의 대상이 될 테니. 정말 세상에 긴요한 사람들은 무슨 연유인지 생각보다 일찍 저편으로 떠나고 환대의 웃음만이 아프게 선연하다.

> 이렇게 신록의 계절이 되면, 우리가 꽃을 보고 나무를 보고 있으면 저절로 기분이 아주 좋아집니다. 아름다움에 그냥 취하잖아요. 까닭 모르게 생명감이 느껴지고 생에의 의욕이 생기죠. 왜 그럴까요? 우리가 이 세상에서 죽지 않고 무한히 살게 된다면, 그게 가능할까요? 저 나무와 꽃들을 보고 형언할 수 없는 고양감이 솟아날 수 있을까요? 세상의 아름다움에 대한 우리의 느낌, 이 절실한 느낌은 결국 언젠가는 내가 이 세상을 하직할 것을 아는 것임을 알기 때문에 일어나는 느낌입니다. 그러니까 죽음 혹은 죽음에 대한 우리의 의식이 세상을 아름답게 만든다고 할 수가 있죠. 그러니까 죽음이라는 것은 결코 결함이 아닙니다.
>
> —「근대문명에서 생태문명으로」 김종철 선생 강의록 일부

시인이 가끔 SNS에 올려주는 그림 중에 히말라야 고원을 그린 연작들이 인상적이었다, 그 수묵 속에 담긴 신령

한 산세와 사원들이란 초현실적인 풍경이기도 하다. 왜 그가 그런 그림을 구도하는지 연유는 잘 모르지만, 그림도 시도 세계관과 이상향을 반영한다고 볼 때 그는 화려한 문명세계보다는 느리고 평화로운, 덜 물신화 된 세상을 동경하고 있으리라 짐작하게 된다. 그가 여행하며 얻은 시편 속에 등장하는 히말라야 주변의 티베트, 라다크, 인도의 북부 산간 마을이나 태국의 산간 오지는 이른바 자본주의의 거센 파고에 덜 휩쓸린 곳들이다. 자연을 지배하는 인간이 아니라 자연과 공생하는 존재로서의 인간들이 남아 있는 곳이다. 알다시피 그 인근에 있는 부탄이라는 나라는 세계 최초로 행복지수라는 것을 도입하여 문화적, 제도적 자긍심을 갖고 산다고 한다. GNP나 GDP 등으로 불리는 자본주의적 경제지표와는 판이한 관점인데 이는 경제력만이 삶을 행복하게 해주는 것이 아니라는 너무나 당연한 문제의식에서 비롯된 것이다. 나한테 '당신은 행복한가?' 묻는다면 확답할 자신이 없다. '우리는 서로 연결된 존재'로서 존중하고 환대하며 덜 비교하며 질시하지 않으며 나누며 살 수 있는가? 묻는다면 이 또한 머뭇거릴 것이다. 그러므로 시인은 이 세상에 부재한 곳, 희소하여 아름다운 곳을 목마르게 찾고 있는지 모른다.

돌칼과 돌도끼는 집에 두고

목장갑 끼고 온 산을 헤집었다

산돼지 가족은 나를 본체만체 가기도 하고

고라니는 골짜기를 다 깨울 듯

노랑먼지가 뿌옇다

그 골짜기에 언제부터 박혀있는 개 뼉다구를

오늘 조심히 발굴했다

풍화된 두개골은 부스스 떨어졌지만

여전히 결속된 이빨

날것을 씹던 육식의 날들이 가보지 못했던

선사처럼 멀다

들숨,

치근齒根으로 엄습하는 얼음송곳

날숨,

귓바퀴 위로 전이되는 편두통

고사리 허리를 똑,

분지르면 사라지는 신기한 통증

처방전 없는 진통제 한 아름 꺾어들고

나물밥 먹으러 간다

맛없는 고기는 이제 그만 씹어야 한다

—「채식주의자」 전문

고라니처럼 산을 헤집고 돌아다니는 원시인 같은 사람이 보인다. 그는 태초 잡식 동물이었으나 이제 돌칼과 돌도끼를 들고 다니지 않는다. 머리뼈조차 풍화됐으나 '여전히 결속된 이빨'을 드러내는 뼈다귀를 보며 먹고 사는 일의, 혹은 다른 생명의 살을 잡아먹고 사는 일의 허무를 보게 된 것이다. 이제 그의 치근과 신경도 정상이 아니다. 씹을 수 없는 고통이 있고 고기를 먹지 못하는 것도 처음에는 고통이었을 것이다. 그런데 그 고통이 평화로운 숲에서 고사리를 꺾을 때면 사라진다는 것, 다른 살을 탐하는 인간의 체질이 제 고통과 약육강식의 종국을 보여주는 신랄한 뼈들의 형체를 보며 바뀌기도 했다는 것이다.

직근直根으로 와 통꽃으로 갔다

담을 수 없는 통한으로 갔다

붉은 흙 위 더욱 선연한 핏자국

야만의 시간은 침묵을 강요하지만 꽃은

오늘도 피고

내일도 피어

지축을 흔드는 함성으로

결단코 살아낼 것!

—「동백꽃 피에타 -도미야마 다에코 판화를 보고」 전문

도리야마 디에코, 그녀는 일본 제국주의의 만행을 정면을 고발하고 고해하는 일본의 희소한 예술가다. 「동백꽃 피에타」는 다름 아닌 80년 5월 광주에서 계엄군에 학살된 자식을 끌어안고 울부짖는 어머니의 모습을 파낸 판화작품이다. 그녀는 이 작품뿐 아니라 여러 편의 광주항쟁 연작들을 울며 칼끝으로 파냈다고 한다. 올해 나이 100살, 길고 가늘게 가는 삶이 아니라, 굵고 길게 지침 없이 가는 참여적 예술의지가 경이롭다. 역사적 서정을 가진 존재로서의 예술가와 자연적 서정을 지닌 존재로서의 예술가가 따로 존재하는 것은 아닐 것이다. '깊은 슬픔을 만나는 것'을 예술의 종착지를 생각했다는 도리야마 디에코의 말은 정작 시인의 독백 같기도 하다. 이 시를 보며 우리가 살며

쓰고 그린다는 것의 의미가 무엇인지를 생각해본다. 협애한 나르시시즘을 벗어난 타자의 아픔에 동화하려는 천성이자 의지이며 지성으로서의 시인이란 존재를. 일관성이라는 것이 '변하지 않음'의 대척점에 서있는 말도 아님을 생각해본다. '구근으로 와 통꽃으로 지더라도' '결단코 살아내는 것'이 다만 연명하기만 하는 존재로서의 삶이 아니라 뭐라도 의미 있는 일을 사는 것, 회의하되 냉소하지 않고 놓되 집중하는 태도를 갖는 것이 어떻게 가능할 것인지도 헤아려 본다. 본다고 봤으나 형의 시를 제대로 봤는지 어쨌는지 잘 모르겠다. 시보다 큰 사람이 있고 사람보다 큰 시가 있다는데 다른 건 몰라도 형은 환대하므로 환대받는 사람임이 분명할 것이다. 부디 성긴 풀들을 힘껏 뜯어 먹을 수 있는 치근을 회복하고 헛개나무의 조력 없이도 살아가는 날들을 힘껏 일으키길 바라는 마음만 남쪽으로 보내본다. 우기에 어디로 날아가야 할지 모르는 잠자리의 꽁무니에 매달아.

(2020년)

당신은 열 개의 눈동자를 가졌다

직접 보지 않으면
믿지 않고 살아왔다
시력을 잃어버린 순간까지
두 눈동자를 굴렸다

눈동자는 쪼그라들어 가고
부딪히고 넘어질 때마다
두 손으로
바닥을 더듬었는데
짓무른 손가락 끝에서
뜬금없이 열리는 눈동자

그즈음 나는
확인하지 않아도 믿는
여유를 배웠다

스치기만 하여도 환해지는
열 개의 눈동자를 떴다

— 손병걸, 「나는 열 개의 눈동자를 가졌다」 전문, 『나는 열 개의 눈동자를 가졌다』

그는 열 개의 눈동자를 가졌다고 썼다. 시력을 잃은 비극이 홀연 이 획득된 심리에 의해 소멸되어진다. 그의 시집 어디에도 신파조나 한탄조가 없다. 자신의 변화된 몸과 심리 상태를(고통스러웠겠지만) 긍정하며 불구가 아닌 새로운 감각을 얻었다고 썼다. 그는 군대에서 낙하 훈련 중에 다친 후유증으로 30대에 시력을 완전히 잃었다. 그로부터 십수 년 세월이 어떠했을지. 맑고 따뜻한 시 한 편이 그 시간을 보여주는 듯하다.

(중략)
밥상에 앉으면

이건 김치, 빨개요

요건 된장찌개, 뜨거워요

두 눈이 안 보이는 아빠를 위해

제 입에 밥알이 어찌 되든지 말든지

오른쪽에 뭐 왼쪽에 뭐

아이의 입은 바쁘다

(중략)

아홉 살짜리 아이가

아빠를 키운다

— 손병걸, 「아이가 아빠를 키운다」 부분, 『나는 열 개의 눈동자를 가졌다』

그가 지금 나보다 더 바쁘고 재미있고 보람 있게 사는 사람인 것을 느낀다. 질투심 없이 느낀다. 최근까지 노숙인을 대상으로 하는 글쓰기 교실의 강사를 맡기도 했다고 한다. 강의가 종료됐음에도 계속 인연을 이어갈 거라 한다. 보상은 없지만 나날이 글 쓰는 실력이 늘어가는 노숙인 수강생들에게 가능한 날까지 도움이 되고 싶다고 했다. 여전히 자신은 배워야 하는 사람이라는 겸양도 잊지 않으며. 연애도 하며. 얼굴과 목소리에서 그는 과거에 준수한 사내였음이 엿보인다. 손가락 끝에 지문처럼 새겨진 감각은 변함이 없다. 그가 기타를 튕기며 노래를 부르면 마치 큰 자석에 모이는 쇳가루처럼 사람들이 몰려와 그때는 전국노래자랑이 된다. 지난여름, 행사에 모인 200여 명의 작가들 중에 그는 가장 인기 많은 시인이었다. 그가 시낭송이나 노래를 하면 좌중은 집중되고 사위는 깊은 공명으로 가득 찬다. 그는 항상 자신에게 육신의 결핍이 있음을 인정하되 그것을 에둘러 말하지 않는다. 이를테면 이런 식의 인사말을 앞세운다. "아시다시피 나는 뵈는 게 없습니다. 지위고하를 막론하고 일단 내 앞에 와서 아는 체하고 인사하십쇼!" 말이 떨어지는 순간 나지막한 웃음이 퍼지고 분위기를 공평하게 만들어버린다. 멀리서 낯익은 목소리가 들리면 그는 큰 소리로 그 사람 이름을 부르며 손을 반갑게 흔든다. 눈동자가 담긴 그의 손가락이 꽃 같기도 해서 그 자리가 환해지기 일쑤다. 화장실까지 그의 팔짱을 끼고 여러 번 동행한 적이 있었다. 맥주를 먹으면 그도 옆에 있는 나도 덩달아 행차가 더 잦아진다. 일 보느라 잠시 곁에 세워둔 하얀 지팡이를 살짝 들어본 적이 있었다. 눈을 감고 그와 내가 팔짱을 끼고 왔던 길을 몇 발짝 거꾸로 더듬어 보았다. 계단이며 출입문 낮은 계단을 두드려 그의 몸에 잠시 접속해보았다고나 할까. 느낄 순 있었으나 깜깜한 행로였다.

"뭐 해?"

일을 보다 말고 뒤돌아 물어본다.

"어…… 그냥……."

그는 내가 무슨 짓을 하고 있는지 다 알고 있는 듯했다. 나보다 눈이 여덟 개 더 많은 사람이니까. 나는 마치 이 지팡이가 요술지팡이쯤 되는 줄 알았지만…….

"그거 만 몇천 원이면 사."

그랬다. 무슨 전자감응 장치가 부착된 것도 아니고 그저 텐트 폴대 같은 접이식 지팡이일 뿐이었다. 단지 혈관과 근육이 없는 딱딱한 긴 손가락이었다. 그와 함께 있는 시간에 나는 그가 다른 사람이라는 걸 느끼지 못한다. 화장실에 팔짱 끼고 갈 때와 노래방에서 가사가 헷갈려 가사를 불러달라고 할 때를 제외하곤.

그러나 선글라스 안에 더 깊고 투명한 시력이 있으리란 것. 그것은 많은 날 눈물로 닦여진 구슬 같은 것이리란 것, 아직도 닦아내는 외로운 구슬일 것이란 것, 나는 잠깐 만져본 그 짧은 어둠조차 눈이 부셨다. 어두운 것이 눈이 부신 것임을 그를 통해 알았다. 그렇게 당신은 나보다 여덟 개 더 많은 눈으로 다가와 내 손을 덥석 잡았다. 내게는 유일하게 팔짱 끼는 동성으로서, 오래전 당신이 사는 소래포구에서 시 한 편 건진 적 있었다. 내가 시의 대상으로 본 것은 큰길가로 나와 있는 돌게 한 마리였다. 길게 뻗은 눈을 곧추세우고 걷는 옆걸음이란 기실 게들의 바른 걸음이었다. 누군가 보기엔 누구나 게걸음일 수 있는 일이다. 걸음이든 눈이든 정상과 비정상은 지극히 배타적인 오인의 관점일 수 있으리라. 삶은 이렇듯 용한 게 아니라 끝끝내 견딤으로 찬란한 것인데.

(국가인권위원회, 《인권》 2014년)

두 집 살림의 꿈을 이룬 시인에게

— 15회 아름다운 작가상 수상을 축하하며

이제 그만 그 거대한 무대를 치워주세요
우리 모두가 주인이 될 수 있게
작은 사람들의 작은 테이블로 이 광장이 꽉 찰 수 있게

이제 그만 연단의 마이크를 꺼 주세요
모두가 자신의 말을 꺼낼 수 있게
백만 개의 천만 개의 작은 마이크들이 켜질 수 있게

이제 그만 집에 돌아가라는 친절한 안내를 멈춰 주세요
나의 시간을 내가 선택할 수 있게
광장이 스스로 광장의 시간을 상상할 수 있게
— 송경동, 「우리 안의 폴리스 라인」 부분, 『작가들』

가장 근자에 쓴 형의 시를 읽었습니다. 이젠 시만 읽어 봐도 형의 것인지 알 것 같은 분별력이 생기기도 합니다. 그것은 문체의 냄새보다는 시적 논리의 단독성 때문인 것 같고. 여전히 단단해서 틈 없는 고집 같기도 하다는, 마침내 송경동 같다는 느낌이겠군요. 어느덧 해가 넘어가는 일은 심란한 심정으로 바라보는 나이가 됐군요. 우리 20대 초반 들끓는 시절에 만나 오십을 바라보거나 넘어가나니…… 지난 세월을 더듬어보지 않을 수 없습니다. 함께 잡지를 만들고 행사를 궁리하고 자실위의 말단으로서 현수막을 걸고 집기를 나르고 그러며 술을 마시고 울분하고 결의하고 지치고 또 일어서고…… 그러던 시절이 참 좋았다고만은 할 수 없어도 무용하다고 볼 수는 없겠다는 소회가 듭니다. 어쨌든 잘 버티고 이어온 거예요.

며칠 전 형은 집구경을 시켜준다고 우리를 이끌었습니다. 각목으로 뼈대를 만들고 그 위에 비닐을 겹으로 입힌 집, 그 안에 작은 텐트가 세워진 광화문집에, 15회 '아름다운 작가상' 화환이 홀아비 아닌 홀아비 곁을 지키고 있었지요. 두 집 살림의 꿈을 이뤄준 위대한 국가가 아닌가 싶었습니다. 외아들 관호는 올해가 수능이겠고 광장을 떠나지 못하는 마음과 벗어나고 싶은 마음이 뒤섞인 그 마음만은 알 것 같았습니다. 잠귀가 예민한 나 같은 사람은 지축을 울리는 바퀴 소리에 한시도 잠을 자지 못했을 것이나 누군들 예민함이 없고 체력이 좋아서 그런 각오를 할 리는 없겠지요. 다만 포크레인 위에서도 찬바람 날리는 농성장에서도 심지어 술상 위에서도 잠을 잘 자거나 못 이루는 형을 보아온 터라, 오늘날 광화문의 잠은 그나마 희망적인 꿈이라도 꾸며 잘 수 있는 '꿀잠'* 아닌가 싶던 거예요. 수백 만의 인파가, 머잖아 천만 명이 될 기록적 연인원이 함성을 외치며 지나간 현장에서 그 발자국 소리와 흥성거리는 목소리, 다시는 없을 것 같은 파동을 들으며 오지 않는 세상을 고대하는 그 마음은 어쩌면 단잠일 수 있겠다 싶어서, 이번에는 측은하고 미안한 마음보다는 조금은 낙관적인 마음으로 형의 거처를 바라봤습니다.

우리는 '아름다운'이라는 형용사보다는 아름다움을 멍들게 하고 파탄 내는 것들에 대한 맞섬이 '아름다운' 것이

---

* 꿀잠: 송경동 시인 첫 시집 제목

라 생각했을 것이니. 형의 단독적인 삶과 문학적 주제가 그것이라 해도 크게 틀린 말은 아닐 것이니. 형 말대로 시가 안 써져도 좋은 세상이 오는 것이 더 절실한 세상일 테니. 형에게 주는 상금 없는 이 큰 상은 타당한 수여일 것입니다. 그러나 당신에게 절박한 건 먹고살아야 하는 돈이긴 한데…… 이런 대책 없는 놀림으로 농을 나누며 술 한 잔 더 부어주고 싶군요. 형이 지난 크리스마스에 올린 글에서 이심전심의 마음을 느꼈다는 거. 시야 써지든 말든 이기고 싶거나 물러서고 싶지 않다는 간절한 마음은 시 이전의 것이었지요. 그냥 그 많은 군중의 한 사람이면 족했던 나날이었습니다. 일주일에 한 번이라도 광장에 개근해야겠다는 마음이나 텃새처럼 광장의 둥지를 지키는 마음이나. 무엇보다 이 역사적 시간을 관통한 만인들의 각성과 각오야말로 다른 세계를 상상하는 불씨가 될 것 같은 예감이 듭니다. 확신컨대 그들은 언제나 불을 피울 것입니다. 모든 이들이 확장하고 심화하고 연대하고 지치지 않길 바랄 뿐입니다. 아무튼 우리 오랜 시간, 때론 같으며 다른 이름으로 근저에서 살아왔습니다. 이리 살아왔으니 이리 살아가게 될 것입니다. 나는 더 게으른 사람이 될 것만 같습니다만, 형이 술 몇 잔을 못 이기는 몸이 된 것은 내내 걱정이 됩니다. 시쯤이야 언제든 안 오시겠습니까만 건강만큼은 꼭 보내지 말길. 건강히 오래오래 쓰고 분투하길 바랄 뿐입니다. 제대로 된 꿀잠을 자봐야 하지 않겠습니까.

'광장에 나와 한 편의 시도 못 썼다. 안 썼다. 언젠가 나오겠지 한다. 안 써져도 그만이다. 시가 모자라 세상이 바뀌지 않는 건 아니기 때문이다.'(12월 25일 송경동 페이스북)

(《한국작가회의 회보》 2017)

쓰다만 시 선언문

마침 추석 연휴라 어느 시인의 초대를 받아 그의 집에 놀러 갔습니다. 큰 도로에서 샛길로 접어들자 비로소 길 같은 길들이 이어졌습니다. 무엇보다 벼가 익어가는 것만큼의 풍요로운 전경이 없었습니다. 누구의 논이더라도 모를 심어 푸르게 찰랑이는 논을 볼 때면, 누렇게 익어 가을바람에 파동 칠 때면 나는 이 대지가 모두의 소유인 듯 배가 부름을 느낍니다. 개울물 소리가 재잘대고 봉숭아가 꽃을 떨구며 알알이 씨앗으로 여무는 가을밤의 담장가는 어떤가요. 풀벌레 울고 우리는 화톳불을 켜놓고 술을 나눴지요. 불은 금세 일렁이더니 숯이 되고 석쇠를 올려 고등어를 구워 안주로 만들어 먹었습니다. 작은 산밤들이 야외식탁에 조연처럼 동그마니 앉아 있었지요. 어떤 아침

이면 고라니가 울안으로 들어와 가만히 사람들이 사는 꼴을 구경하고 간다고 합니다. 멧돼지는 산밭을 헤쳐 지렁이를 잡아먹고 조용히 돌아가기도 한다는데 서로 마주친 적은 없다고 합니다.

나는 내가 만들어 살아보지 못한 풍경 속에서 잠깐 풍요롭고 적요해졌습니다. 시라는 것도 기실은 이런 '가만히 두는 아름다움'을 옹호하는 일을 넘어서지 못하는 일이라는 생각을 오래전부터 갖게 되었습니다. 그럼에도 나는 아는 만큼, 생각에 도달한 만큼 살아본 적이 없습니다. 여기 오는 동안 자동차는 많은 매연을 내뿜으며 왔을 것입니다. 우리는 이렇듯 삶의 형용모순에 빠져 무심하거나 성찰과 지향을 말할 때가 많습니다. 이 복잡다단한 공동체가 만든 합의가 제도이고 법률이라는 것이겠는데, 많은 이들이 자신이 서 있는 자리에서만 권리를 주장하는 일들이 극심해졌습니다. 그것이 좋게 말하면 민주주의겠지만, 권리와 윤리를 혼동하기 시작했다는 의심도 타당해 보입니다. 모두가 자신의 처지에서만 하소연하고 정당화하고 강행하게 되면 그것이 현세의 지옥이 될 것이라고, 나는 한탄도 해봤습니다. 또한 누군가 애써 이룬 이만큼의 성취의 과실을 희생 없이 따먹는 부류들도 득세하는 것 같습니다. 나는 어느 글에서 문학을 '위세화'하는 것이야말로 문학의 위기가 될 것이라 말한 적이 있습니다. 특히 시라는 것이 문화 상품의 세계에 편입되는 것을 지극히 경계해야 한다고 말한 적이 있습니다. 이 세상에 상품이 아닌 것이 무엇이겠습니까. 시인조차도 엔터테인먼트의 영역에 소속된다면…… 가장 근본적으로 지켜야 할 정신의, 혹은 서정의 저지선이 무너지지 않을까 하는 우려입니다.

시만큼은 이런 울타리를 끝까지 고수해주기를 희망합니다. 세간에는 트로트 열풍이 불고 있고 이 현상을 두고 각이한 세평들이 존재합니다. 그러나 어떠한 대중적 문화 장르도 하나의 양식으로 독과점 되는 현상은 절대 바람직하지 않을 것입니다. 시를 바라보는 내 관점도 그러합니다. 등산을 하다 이런 노래를 크게 들어놓고 귀를 어지럽히는 사람들을 보면 그것은 마치 한밤에 조용한 주택가를 달리는 오토바이의 굉음같이 느껴집니다. 각기 다른 세대가 내는, 다른 소리들이 소음으로서 동일하게 불유쾌합니다. 자신의 쾌감과 쾌락을 위해 타인의 감정과 평온을 훼손하는 것은 크고 작은 불화와 폭력의 기원이 될 터입니다.

나는 빈자나 부자나 할 것 없이 염치나 존엄성을 지향하지 않으면 동일하게 하등한 인간이 된다는 생각을 갖고 있습니다. 내 꿈은 시인 이전에 스스로 살며 존엄과 예의를 아는 사람이 되는 것입니다. 짧은 글 속에 다 담지 못하지만 나는 존엄, 환대, 조화, 노동, 이웃, 핏줄, 생명, 고유성, 지구력, 분별심, 자성과 자긍, 이런 어휘들의 자장 안에서 써지지 않는 시들을 꿈꿔봅니다.

(《다음 시 페스티벌》 2020년)

3부

무엇을 이어 쓸 것인가

마흔의 송면에게

어머니 같은 어머니를 낳지 마세요

그들의 바퀴論이 궁금하다

눈물에 제 눈을 바친 대지에게

다시는 괴로운 전기가 되지 않기를

친절 좋아하세요?

야한 얘기를 들려 드리지요

三江에서

무엇을 이어 쓸 것인가

언어도단(言語道斷)…… 말이 끊긴 시대의 위대한 일은 말을 잃지 않는 것이며 당신과 나의 말을 잇는 것입니다. (지난 호 '창을 열며' 중)

안녕하시냐고 묻는다. 안녕하지 않으냐는 역설이다. 한물간 수단인 줄 알았던 '대자보'가 이렇듯 일파만파다. SNS보다 더 직접적인 자기표현 방식이며 자기정체성이 담긴 말들의 이어쓰기다. 일베로 대표되는 극단적 혐오성이 젊은이들의 대의일 수 없다는 강력한 반증이다. (주주) 자본주의도 되지 못하는 부자주의가 득세하고 지지세력의 불만은 이념장사로 다스리는 권력에게, 언론을 독과점한 자들과 대결하는 평화적인 돌팔매다. 예술이 그러하듯 뜨거운 정열이 있어야 낯익은 방식도 신선한 내용으로 인지화된다.

이명박 정권 6년 차를 사는 심정은 세대와 계층을 불문하고 이렇듯 명랑하지 못하다. 굳이 6년 차라 말하는 것은 박근혜의 탄생은 이명박의 불법적 협조 때문이고, 박근혜에겐 어떤 극복의지도 변별성도 없기 때문이다. 저들은 아직도 국민 기망죄의 비용을 치르지 않고 있다. 하는 일 없어도 분주한 일을 하는 양하는데 바로 '적대화해야 할 내국인'들을 찾아내는 일이다. 수천수만 명을 가리지 않는다. 철도 사태에서 보듯이 마녀사냥이야말로 비용이 들지 않는 고객만족이라고 확신하는 모양이다. 이 정도가 저들의 실력이다. 저들은 계절이 바뀐 줄도 모르고 해묵은 철갑옷을 입고 살지만 그러나 두려움이 없는 이는 옷을 가볍게 입는 법이다. 특히 이들은 진화한 시민성을 전혀 숙고하지 못하고 있다. 기울어진 축구경기에서 골을 넣어도 승리로 인정되느냐고?…… 아니 우리는 굴복할 수 없다. 대자보의 파문이 없을 때에도 많은 사람들은 대자보를 써왔다. 대자보가 대자보를 부르고 심장이 심장을 부른 것일 뿐.

우리 삶이 명랑하기만 하면 얼마나 좋을까. 명랑한 뉴스를 듣고 명랑한 글만 쓴다면.., 우리가 유머감각이 없고 특별히 염세적인 인종이어서가 아니다. 현실비판적인 것은 현실을 극복하여 제대로 명랑해지기 위함이다. 탈정치성을 주장하는 일부의 종교, 학문, 예술을 보자. 그들이 순수를 주창하지만 궁극적으로 어떤 정치와 체제에 복무하는지를. 이제 우리들의 대자보는 우리의 프레임으로 더 광범위하게 이어 써져야 한다. 이번 호 특집은 '친절 강권하는 사회'에 대한 비판적 탐색이다. 오늘날 노동의 두 얼굴, 진짜 제 얼굴과 제 웃음으로 살기 힘든 노동자들의 내면을 생각해봤다. 자본은 육신을 임대해갈 뿐 아니라 감정에까지 적극적으로 지배 개입해 이윤창출을 독촉한다. 누구나 품평을 요구하는 친절주식회사의 전화를 받고 답변해 봤을 것이다. 이어지는 수순은 정육점의 육질처럼 등급을 매기고 닦달하고 경쟁시키는 일이다. 최소한 식당에서 밥을 챙겨주는 그분들께 친절한 이웃이 돼보자고 작심해본다. 진정한 친절은 내외면이 다르지 않은 것이며 상호적인 것일 테니. 가장 가까운 가족 이웃과의 유대, 친구와의 우의가 이어쓰기의 첫 자음이어야 하지 않을까.

(《삶이 보이는 창》)

마흔의 송면*에게

당신을 떠올려야 하는 저녁
상추를 씻고 고기를 구워 반주가 곁들인 저녁상을 차려
식구들과 밥을 먹고 설거지하는 저녁에
나는 어떤 가계의 수은주를 떠올렸습니다

---

* 문송면: 1973년 충남 태안에서 태어나 1987년 겨울, 영등포구 양평동에 있는 온도계 공장인 협진양행에서 일한 지 두 달 만에 수은 중독되어 1988년 7월 2일 15세의 나이로 숨을 거뒀다. 청소년 노동문제, 노동자들의 건강권 문제가 사회적으로 알려지는 계기가 되었다. 살았더라면 마흔인 그가 남긴 마지막 말은 "살고 싶어…… 병 다 나으면…… 무서운 서울 떠나 농사 지으며 엄마랑 살자." 〈경향신문〉 1988년 7월 7일자 '행간(行間)' 중에서

성이 같다는 것 말고는 생면부지인 그의 40주기에 청탁을 받고 모란묘역에서 낭송했다.

쪽창 옆에 달린 단칸방의 온도계는 겨울이면 영하의 냉기를
품고 해가 떠도 쉬이 올라가질 않았습니다
당신만한 나이였을 형은 멀리 객지로 나가고
동생들은 마른버짐을 피우고
단칸방에서 쉰 막걸리 냄새와 어른들의 화투패로 북적이는
고요가 없는 그 집을 벗어나 도시 어딘가 있다는
필시 별똥별이 떨어진 곳이었을 공장을 가고 싶었습니다

먼저 떠날수록 어떤 희망이 공장 안에 있으리라 믿었던 것이지요
어쩌면 당신은 나보다 빨리 와 먼저 가버린 것입니다
산다는 것은 무용(無用)한 것이 아니라 괴로운 것이란 걸
짧은 생으로 보여준 것입니다
불가항력으로 노동은 중독되는 것이고 중독 없이는
살 수 없는 몸뚱이들이
손가락이 잘리고 허리가 뒤틀리고 머리가 바숴져
아, 사다리에서 떨어진 지지리 불운한 형은 발바닥에 철핀이 박혀

여태껏 다리를 절고 내 몸에 몇 있는 상처도 철판에 찍히고
용접불똥에 데인 그런 자국들인데,

무딤 앞에서 내 아들보다 한 살 많은
열다섯 아이를 만나는 불우함은 누구의 것입니까
당신이 머금은 독하고 무거운 물질은 이제 누구의 것입니까
매일 매일 줄을 선 죽음의 대기자들은 누가 매겨준 순번입니까,
콘크리트 더미 속에서, 뜨거운 바퀴 아래 깔려서,
이 세상의 모든 회전체와 구동체 속에서, 갖가지 밥벌이만큼
그만큼의 불행이 예고된 길 위에서
말려가고 낙하하고 맥없이 쓰러지는 죽음들은,
하루 일곱 명씩 사라지는 이 서러운 죽음은 이제 누구의 것입니까
아무도 이 죽음만은 덜어가지 않습니다
대신 죽어지지 않습니다

그러므로 나는 고즈넉한 저녁밥상이 있는 시간이
다수의 오늘이 아님을 압니다
다만 궁금하기만 한 것은 당신은 지금 어떤 세상에서,
어떤 식솔을 꾸려서 밥을 자시는지
지하에서만 자란다는, 혹은 천국에서만 자란다는 식물성 밥상을 차려놓고
고요와 평온이 없는 노동을 비평하고 애틋해하며
그저 싱거운 일인데도 크게 웃으며
식구들의 입을, 밥알을 흘려도 이쁘기만 한 식구들의 입을
바라보는 저녁이 있기도 한지 궁금하기만 한 것입니다

(2012년)

어머니 같은 어머니를 낳지 마세요*

다시는 어머니 같은 어머니를 낳지 마세요
다시는 어머니 자식 같은 아들을 낳지 마세요
그리하여 세상을 더 어둡게
고통과 비애로 가득하게 내버려 두세요
아무도 어둠을 태우지 않고
어떤 불씨도 번지지 않는
그 아이가 떠난 차가운 십일월이게 내버려 두세요
그 아이처럼 무겁고 무서운 책도 보지 마세요
양심에는 아픔이 배어 베어 물수록 피가 번지니까요

---

* 이소선 어머니 장례식장에서 낭송했다.

보지 마세요
밤새워 재봉틀을 돌리는 소녀들의 마른버짐과
실밥먼지의 무게에도 못 이겨
내려앉는 눈꺼풀 보지 마세요
쪽문으로 보이던 이웃이라고 하는 가난한 가계들
궁상스런 밥상도 지나쳐 버리세요

그 밥그릇에 당신의 밥숟가락을 덜던
사랑이라는 연민이라는 연대라는 불온한 죄를
다시는 짓지 마세요
당신은 늘 실형(實刑)을 살 테니까요

정말이지 불꽃만은 불꽃만은 보지 마세요
당신이 보듬어온 맨살이 터지고 엉겨
사람이, 금세 죽지도 못하는 사람이
달라붙은 기도 틈으로 토하던
어떤 다짐에, 어떤 확약도 하지 마세요
가파른 언덕에만 있는
창신동에도 쌍문동에도 살지 마세요
그 작은 두 손아귀로 야무지게 잡던 사람들의 손을

제발 차갑게 놓아버리세요

당신의 실체가 사랑이었다는 것을
약속이었다는 것을
누구에게도 말하지 말고 보여주지도 말고
기침소리로 건드리지도 말아주세요
그렇게 누구도 당신을 그리워하지 않게
당신으로부터 위로받지 않게

어떤 통증에도 갇히지 않는 바람으로
물살로 흘러 가세요
날아가 버리세요 고요한 꽃그늘의 나비로
이 많은 자식들을 물가에 놓고
소선(小仙)이로 귀천해 버리세요

어머니 다시는 어머니 같은 어머니를 낳지 마세요
어머니 다시는 어머니 자식 같은 자식을 낳지 마세요
아무것도 할 수 없으면서 하지 않으면서
어머니라 불렀던 우리들이
어머니라 부르지 못하게

제발 우리들을 못난 우리들을

더는 낳지 마세요

(2011년 9월 6일)

그들의 바퀴論이 궁금하다

'나는 바퀴를 보면 굴리고 싶어진다'라는 꽤 회자되는 시가 있다. 잘 굴러가지 않는 핍진한 삶들이 생동감 있는 생활로 바뀌길 희망하는 그런 시다. 나는 간혹 이런 시상에 어림없는 반발심이 들 때가 있다. 정신없이 돌아가는 바퀴들의 세상 속에서, 정신없이 돌아가는 나의 바퀴며, 타인의 바퀴를 보면 바람을 빼서 쉬게 하고 싶을 때가 있다고 말하거나 쓰고 싶어진다. 아침부터 새벽까지 창문을 열 수 없을 지경으로 바퀴의 굉음이 넘쳐날 때, 그 바퀴에 누군가 쓰러질 때, 그럼에도 바퀴들은 무정하게 무책임하게 의연히 그 핏자국을 덮으며 달릴 때, 나는 바퀴의 바람을 빼놓고 싶다. 바퀴에 의지하지 않으면 연명할 수 없게끔 삶은 이미 바퀴에 예속되었다. 바퀴의 속도는 자본의 이동 속도이자 땅따먹기의 확증적인 수단이 되어버렸다. 현대문명의 난폭성과 조급성은 바퀴의 생래적 유전자와 무관치 않을 것이다. 이제는 그 누구도 이 바퀴의 종속으로부터 자유롭지 않고, 다만 느릿느릿한 시인이나 생태적 감수성이 들어찬 사람들, 세상이 느려지길 꿈꾸는 사람들이나 그 바퀴를 두려워하거나 견제할 뿐이다. 최근에 나온 정치적 신조어로 '광폭행보'라는 말이 있었다. 자동차의 광폭타이어는 보통의 타이어보다 폭이 넓어 고속질주와 멋을 즐기는 사람들이 별도로 장착하는 타이어다. 이 자체는 아무런 문제는 아니다. 그러나 곰곰이 생각해보라. 이 광폭바퀴가 타자를 배려하는 사물인지. 그저 나의 속도와 드라이빙을 즐기는 도구일 뿐이다. 타자의 속도와 감정과 감각에 맞추려는 목적이 아닌 나의 질주를 위한 바퀴가 광폭이다. 지금 소걸음으로 천 리를 가는 사람이 아니라, 광폭타이어를 달고 한달음에 목적지에 오르겠다는 사람이 있다. 속내의 폐쇄적인 가치관과 포장된 표면상의 유연함이 기름과 물처럼 따로 부유하는데도 그것을 '대통합'이라 우기며, 총화단결이라는 해묵은 유신구호를 다시 들먹이는 사람이 있다. 부녀지간 똑같이 자기만을 중심으로 총화단결하자는 셈인데, 그러나 평생을 노동의 수확물이 아닌 장물의 은덕으로 산 사람의 진정성을 어찌 믿으란 말인가? 4선 국회의원을 하는 동안, 단 한 건의 민생 입법발의가 없는 정치인이자, 국회출석률 꼴찌, 상임위 출석률 꼴찌의 그 사람의 신실함을 어떤 근거로 믿으란 말인가? 오호라! 그이는 이런 시를 읽어나 봤을지…… 대통령이 자전거를 타고 시인의 집에 놀러가는 풍경을, 뒷짐에 막걸리 한 병 꽂고는 느릿느릿 굴러가는 바퀴들은 단 한 번이라도 사유해봤을지…… 대통령이 되겠다는 그들의 바퀴론이 무엇일지 자못 궁금하기만 하다.

> 스칸디나비아라든가 뭐라구 하는 고장에서는 아름다운 석양 대통령이라고 하는 직업을 가진 아저씨가 꽃리본 단 딸아이의 손 이끌고 백화점 거리 칫솔 사러 나오신단다. 탄광 퇴근하는 광부들의 작업복 뒷주머니마다엔 기름 묻은 책 하이덱거 럿셀 헤밍웨이 장자(莊子)…… (중략) 애당초 어느 쪽 패거리에도 총 쏘는 야만엔 가담치 않기로 작정한 그 지성(知性) 그래서 어린이들은 사람 죽이는 시늉을 아니하고도 아름다운 놀이 꽃동산처럼 풍요로운 나라, 억만금을 준대도 싫었다 자기네 포도밭은 사람 상처내는 미사일기지도 땡크기지도 들어올 수 없소. 끝끝내 사나이 나라 배짱 지킨 국민들, 반도

의 달밤 무너진 성터가의 입맞춤이며 푸짐한 타작소리 춤 사색뿐 하늘로 가는 길가엔 황토빛 노을 물든 석양 대통령이라고 하는 직함을 가진 신사가 자전거 꽁무니에 막걸리병을 싣고 삼십 리 시골길 시인의 집을 놀러 가더란다.

— 신동엽, 「산문시(散文詩) 1」 부분

(《삶이 보이는 창》)

눈물에 제 눈을 바친 대지에게

— 제주 강정바다에 바침

그 마을은 청동기 시대부터 사람이 살았던 흔적이 남아 있다고 들었습니다. 사람의 흔적은 마을의 흔적이겠고 패총 같은 겹겹의 역사일 것입니다. 화산재가 쌓여 지층을 이루고 그 거름진 땅은 달고 시린 밀감을 키우고 미끈한 당근을 키워냈습니다. 귀하디귀한 쌀을 모셨습니다. 이렇듯 불타는 소멸이 아니라 생성의 기원이었습니다. 선대들은 한결같이 자연사를 거역하지 않으면서 인간사를 써왔습니다. 그러나 오늘은 인간이 파괴한 인간사, 공포 조장을 대의라 분장하는 데 뛰어난 수완을 가진 국가와 건설자본이 창조한(파괴한) 자연사를 써야 하는 불행한 사태와 마주하게 됩니다.

그 땅의 모두가 탈 없이 평안했는데 '평안을 보장'한다는 '안보'는 누구의 언어술이던가요? 일단 깨놓고 보자는 심보는 깡패들의 전투수칙 아니던가요? 가장 높은 격과 예의를 갖추어야 할 국가와 군대가 가장 저질스런 방식으로 자국민들을 분열시키고 몰아내버린 이 사태에 왜 용산이 겹쳐 떠올랐는지 모르겠습니다. 여섯 명이 죽어간, 허물어져 평지가 된 제단, 남일당 건물이 고작 임시주차장이 되어버린 기막힌 사건을 말입니다. 기민한 공권력과 피눈물도 없는 건설자본이 만들어낸 위대한 용도!를 말입니다.

혹자는 국가 시책의 일방적 준수를 요구합니다. 절차와 상식을 지키자 하면 안보관이 불순하다고 하고, 무기의 크기가 평화의 크기가 아니라고 하면 망상주의자라고 비난합니다. 이들에게 보여주고 싶습니다. 여태껏 벌어진 수많은 오류와 파괴의 기획들을. 국가가 연출하거나 방조한 참혹한 사태들을 말입니다. 비릿하게 고여 있는 4대강을. 찾는 이 없는 흉물로 방치된 수변공원과 콘크리트 보를 허물어대는 강의 거대한 역류를. 산 사람을 불태워 만든 남일당 임시주차장을. 후진적 무기체계를 수입하고도 바가지를 쓰는 군수체계의 무능함과 사익에 눈먼 명예도 없는 일부 퇴역장성들의 뻔뻔한 얼굴을. 관급공사의 담합과 흑막을. 아, 정말 당신들은 완벽하십니까?

제주 옥빛 바다처럼 투명하였습니까? 겁주고 윽박지르는 거 말고 사람 말을 말처럼 들어보았습니까? 아님, 말을 말처럼 타며 그 뜨거운 떨림과 울음을 느껴보기나 했습니까? 혹시 조랑말만 '말'이라고 생각하는 건 아니었습니까? 강팍한 목소리로 전쟁불사를 겁박하는 북한보다 이 나라가 갖는 체제적 우월함은 전체주의가 아닌 '민주주의'를 제도화하고 일상화하는 나라이기 때문일 것입니다. 그들은 군대의 영지에 살았던 사람이 아니라 자기 고향에 살았던 민간인이었습니다. 그러므로 그 주권자들의 합의 없이는 그 땅도 그들의 마음도 귀속할 수 없는 일입니다. 여기 강정마을은 대한민국 민주공화국 치하이며 민주(民主)와 공화(共和)를 누리며 살 자격이 충분한 청동기 때부터 살았던 사람들입니다.

파괴도 복원도 못 하는 저는 이렇게 눈빛으로나마, 그저 게으른 문자의 감촉으로나마 강정 푸른 바다와 아름다웠던 마을을 더듬어 볼 뿐입니다. 보지 못해도 밟히는 그 바다와 대지, 보지 못해도 아파하는 사람이 그 사태의 주연이라는 말이 괴로운 밤입니다.

눈에 밟힌다는 말을 처음 쓴 사람은
눈에 손발이 달린 사람이거나
마음이 통점(痛點)이었던 시인이었을 것이다

아무 하중도 없는 눈빛에 천만 근의
무게를 달아놓고
눈빛이 심장처럼 뛰었다고 하였으니
더듬었던 눈이,
밟힌 눈이 아프다 하였으니

두 눈이 만나지도 못하면서
늘 한 곳을 보는 것은
한 눈의 외로움보다는
한 눈의 나태를
지켜봐야 하기 때문이다

모든 아픔을 눈이 읽는다
모든 희열을 눈이 말한다
모든 숨이 두 눈꺼풀로 끝난다

제 눈에 제 눈물을
다 바치고서야
눈은 제 눈을
돌아보지 않는다
— 졸시, 「눈물에 제 눈을 바친」 전문, 『구르는 잠』

(2012년)

다시는 괴로운 전기가 되지 않기를*

아끼는 풍경들이 죽어가는 나날입니다.
아껴야 하는 사람들이 죽어가는 나날입니다.
눈에 밟힌다는 말은 눈이 심장이기 때문입니다.
눈에 밟히면 밟힐수록 심장은 어쩔 줄 몰라
밤새 시름겨운 숨소리를 이어가기 때문입니다.

전기는 이해하지 못합니다.
눈을 긁는 포크레인의 굉음과
고꾸라져 나오는 소나무 뿌리가 우는 소리를.

---

* 밀양에서는 원전 증축에 따른 송천탑 건설에 반대하는 농민들의 저항과 안타까운 분신이 있었다. 고압선이 흐르는 철탑들은 여러 명의 희생과 자연파괴에도 불구하고 강행 건설되었다. 대한문에서 열린 추모문화제에서 낭송했다.

새벽 일찍 기지개를 켤 때,
눈앞에 번지는 앞산의 너그러운 그림자나
뒷산에서 산밤을 줍고 나무를 하던 삶과 추억을
절대 이해하지 못합니다.

전기는 마을을 압도하려 할 뿐
마을을 이해하지 않고
사람을 이해하지 않고
목숨을 이해하지 않고
진정한 전기를 이해하지 않고

가장 적게 쓰는 사람들이 가장 위협적인 자장에
몸서리 쳐야 하는 불합리는 누구의 기획입니까!
탈핵의 해법을 농민에게 요구하는 당신들의 무능은
누구의 억지입니까!

그렇게 짓고도 모자라다 하는 당신들의 수치를
진실로 믿지 못합니다.
당신들의 거짓말이나 비리만큼 자주 고장 나는
원전과 복마전의 실행을 믿지 못합니다.

일제의 달핵 프로그램이 없는 당신들의 무대책에 경익을 금치 못합니다.

그러므로 이 세상은…… 잠재적 연옥입니다.

사람은 아무렇게나 뽑아 던져도 되는 무연고의
돌팍인 듯 내던졌던,
풍경이 아무것도 아니어도 되었던,
권력과 관료와 전문가들이 벌이는 파괴의 사육제에 지쳤습니다.
사익동맹들의 삽날에 대지의 동맹은 허약했습니다.

마침내…… 당신은 눈이 아팠다고 하였습니다.

거대한 가시처럼
고층 철탑들이 당신의 흐린 눈을 찔러올 것을……
견딜 수 없다 하였습니다.
당신과 당신의 마을이 살풍경 속에 풍경이 되는 괴로움을……
두고 볼 수 없다 하였습니다.

시인의 눈이거나 사람의 눈이었던 당신들의 눈에 살아 있는

우리의 눈을 겹쳐 이 어둠을 바라봅니다.

스스로 저물어 가는 목숨들이기 전에

살아보고자 발버둥쳤던 목숨임을 압니다.

그러므로 철탑도 서러웠던 당신들도

그 땅에 묻을 수 없습니다.

논에는 벼를 심고 산에는 굴참나무 소나무가 알아서 자랄 것이고,

감나무 대추나무가 있던 그대로의 풍경만을

가만히 가만히 심어야 합니다.

당신들의 타들어간 심장이 반딧불이로 반짝이며 저만치 다가옵니다.

저것이야말로 진정한 전기일지 모릅니다.

당신들이란 서러운 가시를 우리들 눈에서 뽑아내지 않기를……

아껴야 하는 아껴서 살아야 하는 빌앙의 모든 당신들이…… 다

시는 괴로운 전기가 되지 않기를 ……

(2013년 12월 9일)

친절 좋아하세요?

이 시는 전자제품 수리기사로 살다간 한 젊은 노동자의 삶과 죽음을 바탕으로 써졌다. 그리고 시집에는 싣지 않았고 어떤 앤솔로지에만 실었다. 감정노동이라는 용어가 보편화 되었다고는 하나, 서비스라는 관습, 혹은 관념에는 일방적인 소비자의 권리와 일하는 사람들의 복종이라는 불문율쯤으로 오인되어 왔다. 나의 경우, 참을 수 없는 발화점이 되면 상대가 누구라도 참지 않았다. 나는 당신에게 자존감을 팔러온 게 아니라고…… 그러나 모두가 나 같은 참을성 덜한 성격일 수는 없을 테다. 주식회사들의 친절과 실적이라는 요구 속에는 실핏줄이 터져가는 내상이 있었다. 사회구성원 다수의 밥벌이도 이들의 삶의 조건과 무관하지 않았을 터다. 욕을 먹어야 밥이 나오는 사람들. 이름보다는 기사나, 매니저란 혹은 상남원이라는 호칭으로 불린 사람들. 이 젊은 가장에게는 젖먹이 아이와 오열하는 아내가 있었다고 했다. 치욕은 쌓다 보면 그것은 밥이 아니라 환멸이 쌓이는 것. 가짜 웃음이 넘치는 얼음의 나라를 떠나기도 하는 것.

그늘께로 세워둔 차를 햇볕께로 옮기는 일이
겨울을 나는 일이며,
나는 짧게 볕바라기를 하다간
웃음 한 줄을 운구 중이에요

먹고사는 일에 전부를 바치지 않고
계란 한 줄만 없는 삶처럼
가벼운 결핍일 순 없겠나, 싶지만
얇은 껍질 위에 버팅기는 발바닥
실핏줄의 내간체를 옮기는 일, 도 있더군요

마침내 어떠한 친절에도 성에 차지 않는
내성을 가진 비웃음이 나타날 때가 왔군요

마지막 남은 미소를 헐어갈 때가 왔군요
웃음이 소진하면 울음이, 당신을 얼린 얼음이 되는 건가요

당신은 어떠한 경우에도 친절하였으며
아무 때나 당신의 웃음은 호령 당하고 검수 되었으며
가까스로 숨죽여 할 수 있는 말이라곤

당신이라면 아무 때나 웃을 소, 있겠소…… 였겠지만

골수와 웃음까지 포획한 친절 주식회사의
주주들은 웃음 한 줄이 금란 한 줄이 되는 일을 잘 알았더군요

정녕 윗입술은 아랫입술에게 입 맞추지 못했군요
당신은 당신에게만 친절하지 못해야 했군요
그러므로 당신은 당신의 웃음을 진정으로 좋아하지 않았군요

당신은 생활의 난간에서 떨어진
떨어진 잉여의 최기사가 되고

오, 나는 든든한 점심을 먹고 햇볕을 찾아 자리를 옮기는
문기사가 되고
당신은 웃음의 잔해로 이룬 울음의 제국을 떠났군요

(2013년)

야한 얘기를 들려 드리지요

지율스님을 따라 일박 이일 내성천 강길을 걸었다. 봉화 소백산 자락에서 흘러들어온 물은 영주 예천을 거쳐 상주에서 낙동강으로 합수되는 장장 107㎞에 이르는 그야말로 원형의 강 같은, 처음부터 끝까지 모래톱인 아름다운 강이었다. 갓 밀려온 모래들이 포실하게 발목까지 빨아들이는 물비린내 하나 없는 강을 거닐며 수달 발자국과 똥, 물풀 사이에 숨은 셀 수 없는 우렁이들을 만났다. 내내 어렵고 존경스러운 건 종교인으로서 스님이 아니라 스님의 일관된 열의와 구도였다.

국책사업의 대책 없는 반대자로 찍혀 토건 개발론자들에게는 대표적인 공적이며, 7개의 안티카페가 개설되어

집단 공격을 당하면서도 외로이 산하를 지키는 스님,을 보며 순간순간 끓다 나대다 고요해지는 내 삶의 변죽과 가벼움이 물속에 비쳐 보였다. 스님의 어태에는 외로움과 서글픔이 완곡한 당부가 배여 있었다. 한 번의 저항에 지면 나머지의 것도 포기하는 이 사회의 관성이 그 외로움의 한 요인일 것 같았고, 본질적으론 막아내지 못했다는 열패감, 온 생명에 대한 죄스러움일 것 같았다.

스님은 자신을 공격한 사람들을 호명할 때도 늘 존칭을 썼다. 다섯 번 소송에 걸려 세 번을 이겼고 나머지의 것도 논리적인 승소라 할 것이었다. 소송의 내용은 명예와 사실관계에 관한 것이 대부분이었다. 스님이 천성산 터널을 반대해서 2조 원이 넘는 물질적 손해를 입혔다는 보도와 주장이 대표적인데 법원의 정보청구 공개로 이 주장은 500배 이상 과대계산된 수치임이 밝혀졌다. 이마저도 국가자료인 셈이니 어떤 허구가 잠재되어 있는지 알 길은 없다. 극우, 보수인사들, 그리고 보수언론들은 국책 토건사업의 거추장스럽고 반이익적인 실례로 스님을 예시해 지금도 마녀 사냥을 해댄다. 법원의 판결이 나도 그들의 공격과 허구적인 논증은 그치지 않는다. 그렇게 공격을 당하고도 스님은 언어를 제대로 아름답게 쓰려는 노력을 강조했다. 아마도 “미친소 니네나 먹어라” 같은 구호에서 말의 강팍함을 느끼셨던 모양이다. 내가 던진 말과 행동이 고스란히 내게로 돌아오므로 상대의 공격성을 키우고 상대와의 거리를 좁힐 수 없다는 관계적 측면을 생각하신 것이다. 언젠가 이루어야 할 화해와 조화의 사회를 만들기 위해서 언어와 문장이 제 사력을 다해야 한다는 논점이었다.

나는 철없는 아이처럼 강이 좋아 우렁이를 잡고 물 위를 자박자박 걸었지만 이런 고운 강에 댐이 생기고 처참하게 난도질한 환부를 보며 함께 아프지 않을 수는 없었다. 누군가에게는 강이 사색의 공간이겠지만 나는 구도자가 못되어서 천렵과 채집의 공간, 놀이의 공간, 함께 물비린내 없는 물에 발을 담그며 연애를 하는 강으로서 지켜져야 한다고 더 굳게 믿게 되었다. 차갑고 예리하게 말하는 것과 정확히 따듯하게 말하는 것이 다르듯 내 편이 아니면 폭력적이고 모욕적인 언어와 문법도 방법론적으로 정당하다고 생각했던 나의 관성을 흔들어 볼 수 있었다. 스님이 밤에 야한 얘기를 해준다 했는데 끝내 보고 들은 야한 것은 벌겋게 벗겨진 산하의 맨살이었고 그것은 이야기가 아니라 실제 동영상이었다. 나는 이런 발표도 못 할 습작 한 편을 손가락 사이로 흘러갈 모래알처럼 얻었다.

모래를 이길 수 있을까
쌓으면 스스로 허물어지는 모래라고
모래를 이길 수 있을까
모래를 이길 수 있다고
떠밀려 온 모래를 다
걷어낼 수 있다고 믿는
모래의 정복자들이
여기 모래성을 짓는다

(《삶이 보이는 창》 2011년)

三江에서

회화나무 그늘 아래 주막에서 아궁이에 술국을 끓이던 당신도 평상에 보붓짐을 내려놓고 탁배기를 축이던 당신도 가고 없습니다. 노곤한 졸음도 모깃불도 투전판도 사라진 주막이 그 주막이 아니듯 유구한 강도 어제의 강물이 아니어서 고즈넉이 툇마루에 앉아 있을 수가 없습니다. 낭만도 파괴 이전의 것 서정도 파괴 이전의 것이어서 우리들의 술추렴도 이 자리는 적당하지 않았습니다. 마른 강둑이 어색해서 오래 앉질 못하고 합수되어 더 유장해진 강이 외려 괴로워하는 것을 봅니다. 털려나간 구비 구비에서 그 상처를 문대고 온 붉은 강물이 제 몸에 자식 같은 모래입자를 품고와 상처를 메꾸면 그것이 윗살을 도려 파여진 아랫살에 붙이는 강의 숭고한 의술임을 알게 됩니다. 스스로 죽어가며 다만 생을 조금 더 연명시키려는 강의 고육책임을 알게 됩니다. 파헤쳐진 강가에서 저전거를 타면 삶의 근육들이 녹색성장 되어 몇 배 이상 크고 건강히 자라날 것인가 재량해 보기도 하였습니다. 쉼 없이 밀려오고 쌓여대는 모래톱을 파내 배를 띄우겠다는 사람들이 있다고 들었습니다. 나는 종이배들이 천 리 물길을 거스르다 세찬 여울에서 허물어지는 것을 보았습니다. 그러니 술맛도 강맛도 사람맛도 안 나는 이 주막에서 어여 벗어나 어딘가에는 있다는 그 맛 그대로라는 주막집이 그리워졌습니다. 본디 그대로 흐르는 맑은 三江이 합수되어 천 리를 흐른다는 강어귀, 노를 저어 강 건너는 그대들 등 뒤에 선 늙은 회화나무 그늘 아래, 당신이 손사래 치면 나라도 술국을 끓이는 늙은 주모나 주부라도 되는 일, 그도 좋을 듯하였습니다. 망중한의 한순간 저 멀리 어떤 '보'도 모래성으로 알고 들이쳐 댈 높고 세찬 강물이 파동 치며 산등성이를 덮치며 달려오는 걸 보았습니다. 괴로운 태풍같이, 스스로를 불린 해일같이. 싸대기를 쳐댑니다. 나뉘라고 시멘트로 모래로 물로 왕버드나무로 우렁이로 수달로 인간으로 분자로 분자로 나뉘라고 싸대기를 때려대었습니다. 고유한 제 물질로 되돌아가라고 물싸대기를 시퍼렇게 때려대었습니다.

(《오마이뉴스》 2011년)

4부

이 어찌할 수 없는 것들을 어찌한단 말인가

— 작은 식당 두리반을 응원하며

역대 최고의 성적이라고 예찬되는 벤쿠버 동계올림픽으로 모두의 마음이 와자하다. 미학적인 스포츠라 불러도 손색이 없는 피겨스케이팅을 보는 대중들의 안목을 보자면 이 나라의 문화적 미학적 수준이 몇 단계는 올라갈 것 같은 기대감도 생긴다. 이른바 스포츠 마케팅이라고 하는 것들, 김연아의 금메달 수상으로 국가브랜드 향상에 몇조의 효과가 있다는 식의, 급기야 스포츠의 '성과'조차도 돈으로 대칭 짓는 진단방식은 흥분한 마음에 평상심과 삐딱함을 유발시킨다. 그녀를 광고모델로 썼다가 대박을 맞은 삼성을 보면 그 삐딱함은 배가된다. 총수의 배임죄, 조세포탈죄, 납득 불가한 사면의 사유는 그녀의 조그만 얼굴 뒤에 충분히 가려진다. 누구나 좋아하는 김연아가 대기업의 이미지 전도사가 되어 눈과 귀에 피로감을 주는 피사체로 비춰질 날도 있을 것이다. 독점된 인기가 더 널리 조명해야 할 사람들을 블랙홀처럼 빨아들일 가능성도 크고 벤쿠버의 승전보가 불행하고 탐욕적인 현실의 뉴스를 덮는 데 당분간 기여할 것이다. 이는 김연아나 메달리스트들이 만든 일은 아니다. 자본과 언론의 기획이 대중들의 순진한 감성조차도 포식하며 포섭하는 문제제기일 뿐. 그러나 세상은 어찌할 수 없게 흘러가리라는 걸 나는 알고 있다.

용산참사 장례식이 있던 날, 서울역에서 남일당까지 행렬을 뒤따르며 얼핏 보았다. 마천루 같은 대형아파트에서 행렬을 내려보는 사람들을. 저들은 어떤 마음으로 망루를, 혹은 이 낯선 대열을 쳐다봤을까? 내 마음과 저들의 마음 사이에 있을 간극, 내가 서서 걸어가는 평지와 저들이 바라보는 고층 높이만큼의 높낮이를, 눈을 맞으며 잠깐 생각해보았다. 돌아보면 모두가 인간의 집이고 인간이 만든 흔적들인데, 누군가는 서러워 울고 누군가는 자신의 테라스에서 이 풍경들을 조소할 것을 생각하면, 나의 이분법이든 세상의 단절된 질서이든 다 못마땅하였다. 그것은 외로움이었다. 내가 소수의 발걸음 속에 있다는 외로움은 축제 속 티브이 화면을 경청하는 나의 시선에서도 마찬가지인 것이다. 어떤 특출한 유전자가 있어 축제에도 장례에도 몰입하지 못하는가. 외로운 사람들은 정주할 곳이 없이 나처럼 세를 살 것인데, 내 집도 내 가게도 없이 도시를 부유하며 심지어 쫓겨나며 살 것인데, 나는 간혹 자주 잊는다. 돌아보면 곳곳에 '용산이 있다'고 말하는 것은 과장은 아니다. 어찌할 수 없으나 어찌해봐야 하는 숙명의 농성장이 어찌 용산뿐이었으랴. 나의 집일 수도 있다. 플래카드와 구호로 쓴 글씨가 없을 뿐, 일상의 피로감과 집 한 채 갖기를 꿈꾸는 마음이, 그조차도 절제해야 할 욕망이라는 긴장이 물과 기름처럼 섞이어 지탱하고 견디어 가는 삶이, 그러나 그것조차도 패대기 당하고 배반당할 때 마침내 발화되는 수식어는 '내 안의 이명박'이 아니라 '내 안의 용산'이리라.

덩어리로 뭉쳐져 독점되는 것들은 작고 소중한 알갱이들을 파괴시키거나 획일화시킨다. 이름, 명망의 독점도, 몇 대를 걸쳐 대물림되는 자본의 독점도, 작은 집들을 부수고 큰 덩어리의 마천루로 양생되는 주거의 독점도, 작은 생강을 파헤쳐 멋대가리 없는 수로를 만드는 직선의 독점도, 집이 사유재로만 인증되는 반상식의 독점도, 억울한 소외와 치유 불능의 상처를 낳는다. 우리는 그 덩어리로부터 빠져나와 각각의 알갱이가 되어야 한다. 모래라는 자갈이라는 물이라는 각각의 고유한 물질로 되돌아와야 한다. 그것들이 거대하게 괴물로 합체되지 않도록 욕망의 공범으로부터 단절해야만 한다. 내 지분을 거두어 그야말로 건설적으로 다시 파괴될 수 있도록 해야 한다. 부실공사 된 기우뚱한 제도와 탐욕으로 말미암아 두리반도 게딱지 같은 모든 집들도 위태롭다. 더불어 먹는 소찬의 상다리가 부러지고 있다. 걷어찬 자들은 부지런하고 맹동적이고 힘이 세고 묵묵부답이고 나는 게으르고 좀 아프고 고요하고 새침하다. 그것이 억울하다.

(《프레시안》 2010년)

선명한 색깔의 어두운 그림자

열네 살 아들과 '로드킬'에 대한 논쟁 아닌 논쟁을 한 적이 있습니다. 나는 "운전을 하다 보면 길에 뛰어든 동물들을 피하려다 자칫 대형사고가 나기도 한다. 그냥 치고 지나가는 게 큰 사고를 예방할 수 있다"는 일반론, 아들은 "사람만 살자고 동물을 죽게 하면 안 되죠?" 하는 온생명론. 논쟁은 쉬이 결판이 나지 않았습니다. 결국 아이의 결론은 "나는 커서도 운전을 하지 않겠다"였습니다. 나는 농담 반 진담 반으로 "동물을 사람보다 애틋하게 여기는 놈이 괴기는 왜 그리 잘 먹누?" 퉁박을 주고 말았지만, 어린 날 키우던 장수풍뎅이가 죽었다고 화단에 묻어주곤 그 작은 무덤을 볼 때마다 눈물을 글썽이던 제 모습이 떠올랐습니다. 아이가 던진 근원적인 질문과 해법은 비현실적인 측면은 있지만, '현실적'인 삶의 논리와 방식 때문에 파괴당하는 '현실과 미래'를 생각해보면 황당한 것만도 아니었습니다.

성찰은 자신의 불편과 불이익을 감수하려는 삶의 태도와, 이타심과 진정한 객관화에서 얻어지는 산물일 것입니다. 그러나 세계는 성찰의 힘보다 근본주의의 힘이 더 득세하곤 하지요. 이 근본주의는 자신(들)의 이념이나 종교관을 무결점, 무오류라 과신하는 특징과 배타성과 공격적 성향으로 중무장되어 있습니다. 대개의 테러나 전쟁도 오독된 경전과 과잉된 신념에서 비롯된 역사가 적지 않았지요. 오늘날 이 사회에서는 '국가관'이라는 해묵은 시험지를 놓고 OX라는 양단간의 답안을 치지 않으면? 어찌하겠다는 겁박으로 이 사조를 면면히 이어가고 있는 건 아닌가 싶어 쓴웃음이 나오는 요즘입니다. 이 사회는 신성(神性)한 것이 이리도 많은지요. 부자일수록 가지 않으려는 군역 의무도 신성하다 하고, 불평등을 당위로 여기는 자유민주주의(자본주의)도 신성하다 하고, 저 위쪽은 3대를 물린 씨족 군주제가 신성한 영역이라 합니다. 신(神)이 왜 불완전한 인간들이 만든 공평치 못한 제도와 형식에 하릴

없이 깃들어 계신지 의아스럽기만 합니다. 비판과 다름이 존중되지 않는 사회, 해석의 일방성만 강요되는 사회는 의도와 관계없이 지성의 무덤일 뿐입니다.

누군가를 박해하고 희생시켜 나의 것을 얻겠다는 것이 정치일 때, 이것은 사욕이자 만민의 조화를 파괴하는 행위가 될 터입니다. 나의 논리와 세계관이 완벽한 것이 아니라는 태도와, 제도와 질서가 강제하는 것들에 대한 의심과 자각 없이는 이 질 낮은 대립의 각축장을 벗어날 길이 없을 것입니다. 바늘 하나 꽂을 만큼의 여백도 없는 요지부동의 관념들이 근본주의라면, 저는 변하고 변하는 세상을 들여다보며, 다름을 부정하는 것을 부정하는- 현실주의자 편에 서는 게 낫다 싶습니다. 이 세상은 회색이 문제가 아니라 선명한 색깔들 때문에, 선명함으로 자신의 불순함과 과욕을 가리려는 그 사람들 때문에 어지럽고 불화하고 진화하지 못하는 건 아닌지. 모든 색깔에는 그 농도만큼 어두운 그림자가 깃들어 있음을 엿보곤 하는 초여름입니다.

《삶이 보이는 창》

서둘러 늙지 않는 심장에 대하여

여름 내내 광장을 기웃거렸습니다. 아니 들락거려야 했습니다. 겨울은 지척이고 밤톨이 떨어지는 숲에서도 거리의 안부가 궁금했습니다. 그러다 우연히 당신으로부터 이런 말을 들었습니다. 우리가 살고 배우는 일은 타자와 사물의 결을 매만지는 일이어야 한다고…… 감응이라고 해도 좋고 공감이라 해도 좋을 말이었지만 '결을 매만진다'는 어감이 참 좋았습니다. 마음결, 숨결, 살결, 하나같이 가까이서 살피고 만지지 않고는 실감할 수 없는 사태들, 그러고 보니 얼떨결이라는 결도 있고 잠결이라는 결도 있습니다. 얼떨결이라는 우연을 통해 필연을 생각해보거나 잠결이라는 결을 통해서 평화와 나태도 생각해 보았습니다.

여름내 민주주의라는 결에 대해 생각해 보았습니다. 한마디로 때가 잔뜩 낀 살갗이었습니다. 모기떼가 달라붙어 음험하니 피를 빨아먹는 부어오른 혈관이었습니다. 들킬까 봐 조마조마하다가 막상 들키자 콩팥이라 우겨도 되는 심장이었습니다. 밤새 댓글을 다느라, 덮느라 충혈된 벌건 눈알이었습니다. 고백과 반성이 수행되지 않는 구린 입이었습니다. 말을 뱉은 입과 말이 나오는 꽁무니에서 나온 내용물이 같은 날이 거의 없었습니다. 백일하에 드러난 공화국의 민낯이 그러했었습니다. 이 지배 질서를 너무 가까이서 감각한다는 것은 보통의 괴로움이 아닐 겁니다. 뻔뻔함에 낙담하거나 질려 버리기도 합니다. 지난 수년 간, 말의 무용함을 겪었기 때문일지도 모릅니다. 저들을 벌하거나 구원하겠다는 것이 거대한 절망이기 때문인지도 모르겠습니다.

가장 기본적인 주권행위의 공정성조차 수행되지 않는 사회에서 모든 자유론은 기만에 가깝습니다. 이미 수행되고 있듯이 노동과 환경에 대한 기만과 침탈은 날개를 달 것입니다. 민주주의의 모자람은 오로지 더 많은 민주주의의 수행을 통해서 해소될 뿐입니다. 어떤 침묵이 침묵만은 아니고 외침만이 최선의 저항은 아닐 수 있습니다. 겉으로 드러난 징후와 수치에 착시 되지 않아야 합니다. 패배적인 자기검열과 허무로부터 벗어나 말과 관계를 잇는 일만큼은 그치지 않아야 합니다. 말이라는 완충, 서로의 결을 만지는 행위를 통해 정신을 태도를 지켜야 합니다. 이 세계는 먼저 올 것이 이제야 온 체제라고도 생각해보기도 합니다. 이렇게 생각하면 오늘을 견디는 나름의 낙관주의가 될 수 있습니다. 나이를 빨리 먹고 싶었던 적이 있었습니다. 무리를 벗어나 단독자로 살아보고도 싶었습니다. 그러나 다시 마음결을 다듬어 봅니다. 뒤로 가는 세월에 발맞춰, 우리들 나이도 십여 년 밀려주는 것, 서둘러 늙지 않는 심장을 만져보겠습니다. 언어도단(言語道斷)……말이 끊긴 시대의 위대한 일은 말을 잃지 않는 것이며 당신과 나의 말을 잇는 것입니다.

(《삶이 보이는 창》)

마지막 인사

오늘은 6월 10일, 청와대의 책임을 묻는 시민들의 행진은 모두 불심검문 대상이 되어버렸고 수십 명이 끌려간 날, 27년 전, 전두환 군부독재에 맞서 수십만 인파가 최루탄을 먹으며 호헌철폐, 독재타도를 외치며 거리로 거리로 뛰쳐나온 날, 이 역사의 반복을 무어라 해석해야 할지요. 한 문장을 얻기가 힘든 시간입니다. 세월호는 언어의 참사이기도 한 까닭입니다. 어떤 비유나 은유도 그 참상을 온전히 그려낼 수 없는 까닭입니다. 피로써 쟁취한 직선제는 형식적 대의제로 승자독식의 공고한 양식이 되어버렸고 이조차도 불리하면 관권선거를 하거나 앵벌이 표 구걸이라도 불사하는 삼류권력 치하입니다. 자신들의 경제적 지분과 정치적 수명을 이어가기 위한 막장 사기극이지만 보다시피 늘 기사회생합니다. 상식을 모멸하는 자들이 말하는 국가개조 속에 '상식'과 '순리'는 포함되지 않을 것입니다. 가장 책임이 컸던 자신들을 바꾸지 않으면서 타자만을 적폐라 지명하는 자체가 무책임 탈출선언입니다. 이 사회가 현실주의와 이상주의가 서로 견인하고 수용하며 단 몇 걸음이라도 나아가길 바랐지만 이른바 진보정당들은 참으로 가망이 보이지 않습니다. 기치와 선언을 넘어 왜 모이지 않고 지지하지 않는지에 대한 통렬한 비판과 새로운 노정이 있길 희망합니다. 실망이란 기대의 다른 이름이기도 할 테니까요.

글을 쓰다가 막혀 숨을 참아봅니다. 불과 1분을 견디지 못하는 숨입니다. 극한의 숨을 참으며 간절히 창을 열고 싶었던 목숨들을 생각합니다. 두 달 가까운 시간이 흘렀으나, 12명은 아직도 돌아오지 못했고 죽어 돌아왔다는 소식조차도 희소식인 초현실의 세상, 생면부지의 인연이었으나 나는 이들을 사회적 혈연이라 불러 봅니다. 생명이 육정으로만 태어나는 게 아니고 피눈물로 태어나기도 하였습니다. 그 이름을 잊지 않을 때, 그 극한의 고통과 마지막 인사를 어루만질 때, 우리들의 얼굴에서 살아 웃던 그들의 얼굴을 겹쳐 읽을 때, 우리는 마침내 부활한 그이들을 만날 수 있을 것입니다. 분노와 눈물도 시간이란 물리력을 이기진 못할 테지만 그러나 이후의 시간이 열패감과 냉소주의에 포획되지 않을 것입니다. 우리는 목격자이며 함께 가슴을 쥐어뜯은 자이며 심장에 폭동이 일었던 혈연이었기에 힘이 없으면 울면서라도 나아가고 꽃이라도 들고 나아갈 것임을 믿으려 합니다. 이번 호 특집 제목처럼 질문하며 가야 할 길입니다. '세월호는 나에게 무엇인가?' 거리와 광장과 각자의 일상 공간 속에서 무언가라도 시도하는 삶이기를. 우울을 넘어 애도와 연대로. 자본 지배의 쓰린 물살 속에서 생명옹호의 갑판 위로 우리 삶이 구출되길 바랍니다.

이제 저의 창을 닫으려 합니다. 16년여 시간, 지령 99호를 마지막으로 소임을 마감합니다. 어떤 이는 제가 이 출판사에 전업하는 사람인 줄 알았노라 했지만 저는 노동자이고 다른 일로 먹고살고 있습니다. 가장 젊은 20대 편집위원으로 시작해 40대 중반을 넘긴 나이로 이 지면에 이별을 고합니다. 배우는 시간이었고 인연을 만나는 시간이었습니다. 더 깊이 쏟지 못한 공력과 더 많은 독자들과 만나지 못한 점이 못내 걸립니다. 100호란 얼마나 근사한 기대의 숫자인가요. 새로 구성된 편집위원들이 만드는 100호가 더욱 깊이와 너름새가 있는 지면이 되기를 기대합니다. 송기역, 조성주, 최규화, 신정임 네 분의 편집위원들도 이참에 자유인이 됩니다. 회자정리라는 말을 생각하면 쓸쓸해서 허공을 올려다보기도 하지만 우리가 어디 가는 사람이 아님을 잘 알기에 웃으며 손을 잡고 헤어질 수 있었습니다. 발맞춰줘 고마웠습니다. 제 청춘도 조금은 고단했다는 듯 종아리께로 피로가 몰려오네요. 천둥 번개 치는 초여름 밤입니다. 먼바다의 타종인가요. 당신이란 파문인가요.

(《삶이 보이는 창》 2014)

남대문 경찰서에서

— 법이라는 유한성의 문자에게

어디서 최루탄 냄새가 나기도 한다. 저 고가까지 채운 시위행렬과 터지는 지랄탄, 늘 산개해야만 했던 청춘이 보인다. 몇 해 전인가. 진눈깨비를 맞으며 용산 남일당까지 걷던 일도 생각난다. 남루한 노숙이 보이고 낙향이 보이고 희망찬 상경이 보인다. 역에서 내려서는 끝내 제 방으로 가지 못하고 사라진 가여운 내 핏줄도 떠오른다. 이곳은 정주하는 곳이 아니라 잠시 기다리는 플랫폼 같은 곳이어서 이것도 잠시 흘러가는 시간이라는 생각을 한다. 지금 우리는 옅은 긴장 속에서 커피를 마시며 조사를 마치고 나오는 동료를 기다리는 것이다.

시대는 양날의 칼로 공중에 떠 있다. 이 경찰서도 한 면의 무딘 칼이고 이 스산한 겨울도 한 면의 날이다. 나는 바라지 않는 사람이 대통령이 된 일보다 더 곤했던 일은 일하며 견뎌야 하는 혹한이었다. 육감은 의식보다 한발 앞서 반응한다. 그러니까 나는 추위에 노출됨으로써 혹은 대비함으로써 어그러진 열패감을 쾌도난마 해버렸다고나 할까. 어느 날인가 술을 먹지 않고도 눈물을 한 사발 흘렸더니…… 경찰서 따위는 두려운 일일 수 없었다.

작가 137명에게 새해 벽두부터 검찰 고발이라는 법복(法福)을 안겨준 일과, 어찌 되는지도 뒷소식도 없는 국정원 '잠금녀 사건'은 기묘한 대구를 이룬다. 당선자는 막바지 선거기간 동안 선거법 위반 혐의자를 '감금녀'라는 피해자로 둔갑시켜 수세국면을 피해 갔다. 이에 대한 법치적 논리는 표창원 전 경찰대 교수가 안녕한 공직조차 버리고 보수적 양심으로 고해한 바 있지만. 공중파와 메이저 신문, 종편 방송들은 화각의 사이즈로, 후보별 노출 시간을 짧거나 길게 분배하는 식으로, 자신들이 지지하는 후보의 불리한 기사량은 줄이고 상대편의 혐의는 침소봉대하는 식으로, 후보자의 웃음 띤 얼굴과 앙다문 얼굴을 대조시켜 보여주는 수법으로, 패널을 동원한 여론 선동

방식으로, 일상적이고 의도된 편파성을 보여주었지만 이 나라에서 아무 문제가 아닌 일이었다.

이런 대구(對句)의 관점에서 이른바 '정권교체를 희망하는 작가선언'에 연명 참여한 137명의 작가들을 고발한 일은 억울한 일이 아니라(이 나라에선 충분히 예상 가능한 일이다) 옹졸하거나 유치한 일이다. 참여자들의 자발적인 모금으로 1회에 한해 신문에 성명을 낸 일을 두고 특정후보를 지지 비방했다는 혐의를 찾아냈다는 그들은…… 자베르 경감처럼 직무적 사명에 충실했을지 몰라도 자신들이 찾아내지 못한, 찾아내지 않으려는 직무유기가 압도적일 테다. 선거기간 중 어떤 방식을 막론하고 모든 개인과 집단, 그리고 모든 미디어의 특정후보 지지 비방을 다 막든지, 다 허용하든지 할 때, 이 문제는 비로소 공정해진다.

따지고 보면 작가는 제도적 규율과는 늘 가까이서 불화하곤 했었다.(물론 어떤 권력하에서도 명예도 대중의 사랑도 독점했던 작가들이 있지만) 무수한 필화사건이 그 반증일 게다. 그러나 최근 김지하(혹자는 전직 시인이라고도 한다)라는 특정후보 지지자의 '오적' 필화사건 재심이 무죄로 판결된 일이 있었듯 오늘의 유죄가 내일의 무죄가 되는 일이 무수히 많다. 그로 인해 국가는 예기치 않는 국고지출을 감수해야 하는 일이 한두 번이었나? 왜 이 보상비용을 국고로 주나? 당시의 지배자들에게 환급 청구해야 할 일 아닌가? 그러므로 법은 무한성이 아닌 유한성의 지워지는 문자이다. 이 유한성에 복종하라는 게 법치주의고 지배담론이다. 이 기사에 대한 댓글을 보면 크게 두 가지 의견이 갈린다. 하나는 표현의 자유를 박해하는 일이자 승자의 징벌성 처벌이라는 시선, 또 하나는 왜 작가라고 대한민국 실정법 위에 군림하냐는 것, 또 하나의 관점도 있다. 아니꼽고 동의할 수 없지만 그래도 법 아니냐는 것이다. 아무튼 이러한 실정법을 세세히 살피지 않은 죄로 여기에 와 있는 30여 명의 동행 작가들! 그들은 법에 군림할 생각을 가진 것이 아니라 일방적인 법에 순종하지만은 않겠다는 합법주의자들이다. 나의 열망이, 혹은 표현방식이 왜 잠복된 규율에 막혀야 하는지 의문을 던지는 오늘의 현실적 문학주의자들이다.

여기 남대문 경찰서에서, 조금은 친절해진 경찰서에서 나는 법의 밑바닥이 아니라 법의 꼭대기를 본다. 보수라

칭하기도 민망한 사익추구형 소인배 같은 헌재소장 후보자를 본다. 이미 발가벗겨진 몸에 숨긴 의혹 덩어리들을 보고도 당장에 어쩌지 못하는 저 동류의 입법자들과 그의 동지들이 생각하는 법을 본다. 비상식이라는 광채를 내뿜는 동질한 피사체로서 어깨를 걸고 있는 이들, 시각적 피로감을 가중시키는 승자들의 입을 본다. 마피아식으로 군바리식으로, 알아서 지쳐라! 하는 식으로 내걸린 법치 슬로건을 본다. 시대의 길목마다 이런 법치의 거미줄이 곳곳에 쳐져 있을 테고 누군가의 자유로운 날개를 접게 하리라. 그러나 누군가는 기꺼이 그 날개가 되자고, 그 날개들을 구출하자고 노래할 것이다.

저들의 논리를 당선자에게 돌려 현실적 법치를 적용해보자면, 그녀는 범죄피의자를 적극 옹호한 사람이었고 국보법을 적용하자면 불고지죄를 넘어선다. 범죄 혐의를 방어함으로 가장 많은 이익을 본 수혜자다. 그이가 우리도 옹호해주길 바라지만 그렇지 않더라도 법은 전리품이라고 증명해주는 셈이니 아쉬운 건 없다. 예상컨대 우리 젊은 작가? 들은(나이 먹은 것도 서러운데 젊은 것들만 했다는 비판도 많았다. 송구하다.) 단지 단 한 번 선언에 동참하고 개운하게 헤어졌을 것이다. 정권교체라는 괄호가 개별 작가들의 세계관을 다 담보할 수 없는 노릇이고, 이 세계 너머의 세계로 가는 기착지 같은 곳이라고 생각하거나, 참여하면서도 어색한 사람이 있었을 것이다. 혹자는 이 자체가 시시한 에피소드 같아서 성에 차지 않기도 했을 것이다. 그런 각각의 심정으로 결국 자신의 작품 속으로 귀가했을 것이다. 그런 우리를 잡아당긴 것이 이번 사태다. 한 예로 한국문인협회는 이번 대선에서 박근혜를 공식 지지했었다. 공보물에도 나와 있듯 당선자는 문협의 수필분과 회원이란다. 이른바 순수문학을 자칭하는 이들의 정치세력화도 동질화도 참 기묘하다. 순수는 문학에 있지 않고 생수브랜드에만 있다는 것인가. 문인대통령?을 배출한 만큼 작가들의 대접도 나아지리라는 징표인가.

고로 이 시대는 역설과 모순적 대구(對句)로 이루어졌다는 걸 알게 한다. 현실이 문장을 만들고 그것은 서로 모순되고 지지하는 체위로서, 실물의 대구를 이루고 있다는 걸 보여준다. 나는 그것을 피곤한 양날의 칼날이라 말했지만 튕겨나가는 칼날은 공격자의 급소에 먼저 박히기도 한다는 진리를 나는 알고 있다. 저들은 법의 편파와 독점과 위언을 독같이 조심해야 하고 우리 작가들은 명예의 독점을 조심해야 하리라. 피해도 과실도 독점되어선 안 되는 비보편적인 명제를 숙고해 본다. 문학을 위세화하지 않고 진실로 시대와 인간을 향해 일상적으로 장구하게 대면해야 하리라. 그런 의미에서 남대문경찰서는 오늘의, 오후의 느슨한 전선이고 최루탄 대신 터지는 모호한 연기를 우리는 견뎌야 한다.

(《웹진 문화다》 2013년)

너는 너의
상주가 되지 않으리

소개팅이 있다고 옷을 입었다 벗었다 머리를 풀었다 묶었다 딸은 몇 시간째 단장을 하고 있다. 옷을 두껍게 입고 가라 일러두지만 얇은 옷차림으로 신나게 나가더니만 기어이 날이 너무 춥다고 데리러 오라고 한다. 이 세상에는 맘대로 안 되는 일이 많다는 걸 확증시켜 주기 위해 신이 자식을 보냈다고 하는데 내내 철들지 않을 것 같은 아이가 팔짱을 끼며 나와줘서 고맙다고 아양을 떨었다. 아직도 손안의 아이 같기만 한 딸아이가 몇 살이던가. 곰곰 따져 보니 제 엄마가 나와 결혼식을 하던 나이를 지나친 것이다. 자식과 오래 산다는 건 행복만은 아니다. 어질러 놓은 방과 치우지 않는 설거지를 보면 울화통이 터지기도 하고 이런저런 일로 웃으며 싸우며 살아온 지가 이십몇 년 세월이니. 그래도 함께 살 수 있는 건 내 새끼라는, 존재 자체만으로도 뭔가 애틋한 그런 것이 있기 때문일 게다.

> 어떤 자세로 죽을 것인가 고심한 사람 같았다/ 부목도 없이 절뚝이며 진눈깨비 속을 걷던 너는 / 새순 같은 혀를 말아 마지막 아침을 먹었다/ 누구도 쓰러진 너를 진맥하거나/ 푸르뎅뎅한 눈꺼풀을 열어보지 않았다
>
> — 졸시, 「너는 너의 상주가 되어」 부분

딸아이와 동갑인 용균이가 남긴 동영상 중에는 취업기념으로 부모님이 사준 양복을 입고 쑥스러워 어쩔 줄 몰라 하던 장면이 있다. 그러나 그 옷은 일상적으로 입을 수 있는 출근복이 아니었다. 탄가루가 묻은 작업복을 입고 랜턴 하나를 들고 굉음이 나는 컨베이어를 검수하러 작업장으로 홀로 향했다. 컨베이어를 따라가는 석탄 덩어리가 밑으로 떨어져 벨트가 간섭되지 않도록 2인 1조로 해야만 하는 일이 그의 업무였으나 석탄 대신에 파견 비정규직이라 명명된 그의 몸이 기계에 말려 들어갔다. 암실 같고 막장 같은 그곳에서 참혹한 육신으로 절명했다. 그의 몸이 으스러지는 동안 아무도 곁에 없었다. 비명을 들

은 이도, 손을 내밀어 준 이도 없는 최후. 우리는 흔히 임종을 '지킨다'고 표현하는데, 그것은 동행할 수 없는 소멸의 시간일망정 생의 마지막에는 서로의 눈빛을 보며 손을 잡으며 이별을 치러야 한다는 의미일 게다. 용균의 어머니 김미순 씨는 집을 떠나는 아들을 배웅은 했으나 마중은 하지 못했다. 바스러진 몸을 60일 동안 냉동고에 두고서야 마침내 아들을 보낼 수 있었다. 그이와 가족들과 동료들과 이 세상의 '을'인 사람들의 강단진 슬픔과 투쟁으로 28년 만에 김용균법이라 불리는 산업안전법이 국회에서 통과되었다.

용균이를 추모하는 작가들의 미력하고 조촐한 시낭송회가 있었다. 주말의 광화문 광장은 자동차 소리, 인파의 물결, 빌딩숲에서 벼려진 칼바람의 거리였다. 이뿐인가. 각종 찬송가와 군가가 울려 퍼지는 극렬한 구호의 전장 같았다. 조용히 산책하고 관람할 여백을 주지 않는 소음이었다. 여기서 느낄 수 있는 미학이 굳이 있다면 마주하기 불가능할 것만 같은 '비장미'가 아닐까. 지록위마의 시절을 지나면 또다시 언어도단의 시간이 기다리고 있다는 걸 알게 되는 곳이 바로 광장이었다. 성찰하지 않는 정치와 미디어들은 늘 정략적 사건들을 만들어 쉼 없이 유포 재생산하며 이러한 참담한 불행을 주변부적인 것으로 매장해버린다. 정말 사람이 죽고 사는 일에는 무감하게 하고, 별것도 아닌 것들로 악의적으로 사건화한다. 어느 시절이 와도 심판받지 않는 밤의 권력들은 커다란 전광판에 별반 중요하지도 않은 오늘의 뉴스를 도열시킨다.

가짜 뉴스와 진짜 뉴스를 분별할 수 없다. 교보문고에 걸려 있는 시 몇 줄이 그나마 얼고 시린 귀들을 씻겨줄 수 있을까.

누구나 노동을 하지만 이 세상의 깊은 굴속에 노동을 사생아처럼 숨겨 놓은 듯하다. 저 날카로운 구호와 저주를 외치는 사람들도 노동을 했거나 하고 있을 것이다. 여기서 시를 읽는 작가들도 쓰는 것이 노동이고 또 뭔가의 일을 해야 살 수 있을 것이다. 그러나 대부분 사람들의 생활은 유령들의 잠행처럼 드러나지 않는다. 노동은 남루함의 다른 이름이며 지겨움의 동의어이며 심지어 적지 않은 누군가에게는 그 용어 자체가 혐오와 공격의 표상이기도 한다. 이처럼 모두가 수행하면서도 존중받지 못하는 일은 없으리라. 생각해보라. 스스로에게 질문하지 않는 노동도 안타깝지만 용어 자체부터 천대받는 노동이 만인에게 더 위험하지 않는가.

나는 시간에게도 소유주가 있으리라 생각한다. 누가 우리의 24시간을 지배하는가. 24시간 불이 꺼지지 않는 이 세계를, 누구나 뜨겁고 맑은 피를 갖고 태어났건만 잿빛 두부 같은 선혈을 흘리며 굳히며 24시간을 악착같이 살아야 하는가. 분명히 그 24시간의 시스템 속엔 수뇌부가 있을 것만 같은데, 24시간의 지배자가 있을 것 같은데 사람들은 그것을 추적하기에 앞서 각자의 호리병이 중요하고 각각의 부리질에서 벗어날 수 없다. 계급은 단일하지 않고 착취의 방식도 균일하지 않으므로, 소득과 살림이 계층화되므로. 결국에는 노동자가 노동자를 질시하고 자영업자와 노동자가 대립하고 세대와 세대가 남녀가 대립하기도 한다. 누군가는 쉼 없이 혐오의 대상을 사냥하듯 찾아 나선다. 사람을 욕하다 지치면 동물까지 혐오하면서. 어떤 권리들은 보편적 윤리를 압도하며 스스로 고립을 자초하기도 하면서.

흉부와 허기진 바닥을 쪼아대던/ 뭉툭한 부리는 누진 깃털

에 고이 잠들었다/ 삼월의 늦은 눈이 푸른 눈꺼풀을 덮었다/
너는 너의 상주가 되어 너를 끝마치었다.

— 졸시, 「너는 너의 상주가 되어」 부분

내가 이날 읽은 시는 오래전 서울 서부역 길가에서 쓰러져 죽어가던 비둘기를 보며 쓴 시였는데 신기하게도 시를 읽는 동안 내 발끝에 비둘기 한 마리가 내려와 총총 두리번거리다 한참을 앉았다 갔다. 그 찰나가 무슨 조화인지는 알 길은 없으나 나는 억울한 목숨들에게 환생이 있다면 그것은 분명 날개가 있는 생명으로 잠깐이라도 왔다갈 것이라 생각했다. 한없이 슬퍼 보이는 우리들 또래일 김미순 씨의 얼굴에서 1970년 11월 13일, 한 사람의 어머니가 아닌 만인의 어머니로 태어났던 한 어머니의 잔영이 스며드는 것도 나는 보았다. 용균은 혼자 쓰러졌으나 부축해 함께 날아가려는 천상의 날개들이 많았다.

(『창비』 주간논평, 2019)

고향
생각 1

살던 마을에서 15분 정도를 걸어가면 염전이 있었다. 오래전 간척을 안 했을 때는 마을 바로 앞까지 바다였다고 한다. 집에까지 가끔 작은 게가 나타났다. 참게가 아닌 등딱지가 살짝 붉었는데 산에도 사는 돌게 같은 종류였다. 바닷물이 밀려오는 갯골 쪽으로 가보면 무수한 게구멍이 많았고 우리는 흔하디흔한 게 같은 건 잡지 않았다. 집게발이 크고 붉은빛이 도는 농게는 황발이라 불렀고 칠게나 능게 같은 게들이 많았다. 요즘은 없어서 못 먹는다는 짱둥어는 송장망둥어라 불렀다. 너무 많았고 기이한 생물이었고 아무도 그것을 잡아먹지 않았다. 염전에는 사금파리가 깔려 있었고 염전 옆에 붙은 집에 사는 아이들도 학교의 선후배들이었다.

황현산 선생의 산문집 『밤이 선생이다』를 읽다 보니 비금도가 고향이던 선생의 유년시절 얘기가 인상적이었다. 당신이 다니던 초등학교가 '염부양성초등학교'라는 간판이 부수적으로 붙어있는 학교였다며 당신도 일찍이 특성화국민학교 출신이었노라는 표현에서 웃음이 나왔다. 아마도 초등학교를 마치고 진학하거나 대처로 돈 벌러 나가지 않으면 섬에 남아 염부의 삶이라도 살아야 하는 섬 살림의 고달픔을 보여주는 웃기지만 애처로운 농담이리라.

염전 옆에는 염수로 쓰려고 가둬놓은 작은 저수지가 있었다. 밀물과 썰물에 따라 바닷물이 차고 비워졌다. 물이 차 있으면 망둥어 낚시를 하고 물이 빠지면 모시조개도 잡을 수 있었다. 염부로 일 다니던 동네 아저씨의 구릿빛 얼굴과 종아리에 돋은 힘줄, 나는 그런 굵은 핏줄이 건강한 남성의 근력 같다고 생각했으나 나중에 보니 그것도 노동 병이었다. 늘 그런 건 아니지만 방학이나 주말이면 계절을 가리지 않고 엄마를 따라, 혹은 혼자서라도 갯것을 하러 갔다. 자전거라도 있으면 좋으련만, 땡볕에 걸어가야 했다. 도시락도 물도 가져가지 않은 채 일사병에 걸릴 수도 있을 만큼 자외선은 뜨거웠고 목이 말랐다.

아버지는 어쩌다 한 번씩 바다에 동행했는데 갯것을 잡는 실력만큼은 여느 집 아저씨 못지않았다. 주로 채집하는 건 죽합이라 불리는 맛조개나 값이 좋은 참조개라 부르던 대합이었다. 이런 것들은 모래가 많이 섞인 단단한 개펄에 많이 서식하는 생물들이다. 지금이야 죽합을 소금으로 잡지만 그땐 맛사개라 부르는 50센티쯤 되는 강하고 반듯한 철사로 만든 작살 같은 것으로 구멍을 쑤셔 낚듯이 잡아냈다. 우리는 양동이를 들었지만 아버지는 폼나게 대나무로 만든 구럭을 등에 메고 나보다는 두 배는 더 잘 잡았다. 특히 아버지는 대합의 부럿(바다생물의 숨구멍)을 잘 찾았다.

썰물이 밀려간 거의 끄트머리 바다까지 내려갈수록 대물을 잡을 수 있었다. 비단무늬가 또렷하고 어떤 생채기도 없는 대합은 살아 있는 예술품처럼 먹거나 팔기에 다 아까운 모양이었다. 죽합은 마치 아라비아 숫자 8자처럼 구멍이 있어 작살을 원이 큰 쪽에서 비스듬히 찔러야 실수 없이 잡힌다. 이렇게 잡은 죽합은 살이 작살에 꿰여 있으므로 상처가 나 있지만 잘 해감해서 수제비나 칼국수를 해먹거나 초무침을 해먹으면 독특한 식감이 있는 해산물이었다. 동죽 같은 건 많았지만 잡아도 내두고 왔다. 팔아도 값이 나가지 않기 때문이고 짐만 무겁기 때문이다. 모시조개와 떡조개도 다 맛있는 조개인데 이것들의 구멍 표식도 죽합처럼 8자였다. 대합은 사방에 그물을 친 양식장에서 양식을 했다. 양식장 주인의 자식들은 과수원을 지키듯 파수를 잘 봐야 했다. 대합은 귀한 것이라 많이 잡히지 않았다. 어른들은 어깨에 길쭉한 그레를 메고 모래개펄을 훑으며 길게 끌고 갔다. 툭, 하고 걸리는 그 느낌을 아는 것이 중요하다. 새만금에서 사라진 풍경이 바로 이것일 테다. 이따금 아이들은 양식장 안으로 서리하듯 들어가기도 한다. 경험상 양식장 안 그물 쪽에 조개가 몰려 있다는 것도 알기에. 서리와 채집의 경계는 늘 모호했고, 파수를 보던 제방 쪽에서 크게 욕하는 소리가 들려오면 황급히 그 아까운 명당을 떠나야 했다. 시골에서는 아무 산에서나 나무를 해서도 안 되고 아무 바다에나 들어가 잡아서도 안 된다. 하지만 얼마간의 예외적 '서리'는 '도둑질'과는 다른 풍습으로서 내가 살던 어린 시절까지는 통용된 것 같다. 이제는 다 도둑질이 될 것이다. 소유가 없는 사람들은 그 틈에서 잘 살아야 했다. 그러나 바다는 누구에게나 출입을 허용했고 손만 빠르면 반찬이 되고 돈이

됐다. 이런 일들에 특출난 사람들이 마을에 몇몇이 있었다. 바다에서 얻은 산물들은 일용할 반찬으로 먹기도 하고 팔기도 하는데 대합은 어지간해서 먹지 않았다. 나이가 들어도 찐 생선이나 젓갈 같은 걸 좋아하는 습성은 어릴 적 먹어본 이런 갯것들의 영향일 것이다. 땅이 별반 없는 집들에게 바다는 둘도 없는 공유지였다. 바다는 내 것일 수 있었다. 호미와 몇 개의 도구만 있으면 되는 해고가 없는 일터였다.

결국 그들을 바다로부터 격리시킨 자들은 방조제를 만든 자들이고 이 나라에 모자람도 없는 농지와 쓸 수도 없는 썩어가는 담수호를 만든 자들이다. 개펄조차 어는 겨울에도 땅이 없는 엄마는 바다에 나가셨다. 나도 엄마를 따라 시린 겨울 바다의 속살을 파며 먹고사는 일의 냉기를 느끼지 않을 수 없었다. 어른들이 걷는 걸음을 똑같이 체감하며 우리는 철들어 갔다. 철들어 간다는 건 불쌍한 사람이 누구인지, 미워해야 할 사람이 누구인지를 분별한다는 것이고 일하고 자립해야 하는 책무를 느끼는 것일 게다. 투정이나 어리광으로부터 너무 일찍 벗어나는 것은 칭찬할 일이 아니라 씁쓸한 것이다. 바다로 가는 길과 나무하러 가는 길에서, 혹은 논에서 참새를 쫓으며 많은 소년 소녀들이 철들어 갔으리라.

(2019년)

고향
생각 2

#

올봄에 고향에 가서 태어난 데서만 잘 살고 있는 시 쓰는 박경희 누이와, 고향 마을에서 시오리쯤 떨어진 곳에 터를 잡고 그림 그리고 글 쓰시는 김환영 형님과, 서천에서 환경운동 하시는 허정균 형님을 만나 잘 대접 받고 1박 2일을 잘 논 적이 있었다. 마침 이분들 모두를 만나기 전, 낮에 시간이 나서 김환영 형님과 지금은 논과 민물 호수가 된 그 바다를 주유하게 됐다. 소섬이라고 불리던, 소풍도 가고 친한 동무의 어머니가 겨울이면 상주하며 굴을 캐던 그 작은 섬은 죄다 바다를 막는 토목재로 거의 사라졌다. 섬이 죽을 때는 바다가 사라질 때이다. 섬이 살아 있을 때는 사방이 바닷물에 갇힐 때이지 바닷물로부터 해

방될 때가 아니다. 소나무 숲이 우거져 사람 손 타지 않던, 나만 알 것 같은 작은 은모래 해변은 논이 되어 있었다. 남아있다면 정말 아름다웠을 작은 포구였던 무창포에서 멀지 않은 광암이라 불리던 소섬과 큰 갯골을 두고 건너편에 자리한 포구는 우거진 수목과 기암절벽만이 과거의 고적한 풍경을 짐작케 한다. 짙푸르고 평평한 농지가 펼쳐져 있지만 이 나라의 수려한 만(灣)과 개펄들을 죄다 도려낸 뒤 은폐한 위장물처럼 보였다. 아무리 쌀이 귀하다 해도 바다를 메꿔 논을 만들어야 할 만큼 논은 모자라지도 않았음을 보여주는 분명한 증거는 다름 아닌…… 나날이 줄어드는 농지일 것이다. 오늘도 내일도 농지를 시멘트로 덮어 아파트와 공장을 짓는 이 난개발들이 논이 부족하지 않음을 증거하는 것이다. 그러니 나는 쌀보다는 내가 잡고 놓친 그 생명들이 그리웠다. 따숩게 밀려와 발목을 덮는 밀물이 그리워졌다. 자동차가 들어갈 수 없는 바닷길이 그리웠다.

그 시절, 그 길이 참 멀고 길다고 생각했는데 내비게이션을 켜고 우리 동네까지 귀가해보니 찻길로 거의 6킬로쯤 됐다. 어린이거나 어린 소년이었던 내가, 친구들이, 마을 사람들이, 부모님이 걷던 길이었다. 때론 맨발로 걷던 땡볕으로 달궈진 흙길이었고 가끔 조개껍데기나 사금파리에 찍히기도 하는 길이었다. 죽은 물뱀이나 유혈목이를 보았고 깔따구가 쉼 없이 달려드는 길이었다. 햇볕이 아파서 눈을 찡그리며 안간힘으로 걸어온 시오리 길, 무거워도 많이 잡아야 덜 힘든 길, 아버지가 많이 잡았구나 하면 없던 기분이 나고 잠깐이라도 집안 분위기가 좋아지면 그것으로 충분히 자족할 수 있었던 노동이었고 놀이였고 다만 삶이었던 길이었다.

##

부모님이 누우신 묘역은 염전이 지척에 보이던 곳인데 수령 200살은 되어 보이는 껍질 붉은 소나무 세 그루가 전경을 이루고 있다. 그 그늘만 해도 오십 평은 나올 것이다. 한 그루는 마치 세한도에 나오는 소나무 같은데 그 아래 폐구가 된 농기구가 방치되어 있어 그 절경을 망치는 것 같아 볼 때마다 속상하다. 이런 생각은 나만 하고 사는지 식구들조차 별반 동의해주지도 않는다. 부모님 산소에서 바라봐도 보이는 염전 자리에 정말 사금파리가 반짝이는 듯해서 유심히 보니 태양광 패널이었다. 소금 대신 전기를 만드는 바다가 나는 하나도 좋지 않았다. 산소 자리에는 전에 못 보던 엉겅퀴 꽃이 홍학이 떼를 이룬 것처럼 피어 있었다. 간단한 제상을 차려 절을 하고 있는데 전화가 왔다. 김환영 형님이었다. 지금 자네 어딨는가? 부모님 산소에 있는데요. 금세 갈 테니 주소나 알려주시게. 아닙니다, 금방 내려갑니다. 아녀, 전에 어머니 돌아가셨을 때 조문도 못 했으니 꼭 인사드려야 맘이 편하겠어. 정말 금세 도착하여 부득불 두 분을 합장한 봉분에 술을 따르고 절을 하신다. 엉겅퀴가 이렇게 많이 핀 것 진짜 처음 보네, 장관이여. 화가의 심미안과 자연사적 지식에 한참 못 미치는 나는 그래요? 이게 귀한 건가요? 예전에는 어디나 많았는데…… 나는 이제 많은 것을 잘 모른다. 촌놈도 아니고 온전히 도회지놈으로 변신되지도 않는다.

희한하게 고향이나 지방에 갔다 귀경할 때 한강 이북을 건너오면 한결 맘이 수굿해진다. 그러나 아파트는 내 집이 아닌 것만 같고 집 밖을 나가면 다 돈만 드는 도시가 살기 좋은 곳인지 회의가 든다. 술이 고파도 스스럼없이 부를 수 있는 동네 사람이 없는 곳이 어찌 제2의 고향일 수 있는지도 잘 모르겠다. 그러니까 도시는 마실이 불가능해서 마뜩잖다. 누군가를 만나려면 최소한 한 시간은 이동해야 한다. 약속이 없이는 만남이 불가능하다. 스스럼없이 사람을 찾아 갈 수 있는 곳, 좋은 관계들이 이엉처럼 이어져 있는 곳이 진정한 고향일 것이다. 사립을 열고 툇마루에 걸터앉아도 남의 집 같지 않은 집들과 낮잠을 자다 부스스 깨어 방문을 열고 방긋 웃으며 환대해주는 그런 사람들과 이웃하며 사는 삶을 나는 동경한다.

어떤 조문은 잊을 수 없는 조문이다. 혼자 외로이 절하며 회한에 젖는 곳까지 찾아온 마음들과 꽃들에게 수그리는 마음도. 새로 고향을 짓는다면 이런 꽃들에, 깊은 나무 그늘에 찬탄하는 이들과 이웃하고 살면 좋겠다 싶다. 가능하다면 방조제를 헐고 논을 다시 바다로 만든다면 한편으론 투기꾼들이 들끓겠지만 뱀장어처럼 돌아오는 사람들도 늘어날 것이고 나는 기꺼이 종아리를 걷고 너른 개펄을 신이 난 소년처럼 뒤지고 다닐 것이다. 그러나 나는 서울을 떠날 수 없을 것만 같은 생각도 더불어 하며 이런 상상 속을 헤맨다.

(2020년)

젖은 자가 또 젖는다

딸아이는 눈이 큰 편이어서 눈을 보면 찰나의 심상이 잘 보인다. 며칠 전 촉촉한 눈으로 무슨 말을 하려 하는데 분명 즐거운 화제는 아닐 것이란 걸 알았다. 아빠, 내 친구가 죽었어요. 어떤 친구가? 초등학교 동창 남자애요. 어쩌다? 걔가 인디가수인데 택배 분류하고 하역하는 알바하고 오토바이 타고 돌아오다 그만…… 아이고 어쩌냐 어째. 이십 대 중반에…… 나는 한탄하며 취업 걱정하는 아이에게 잔소리라도 덜 해야지 하는 작심만 하고 말았다. 코로나19 역병으로 사회적 거리두기가 삶에 미치는 영향을 이렇듯 간접적으로 목격한다. 먹고 살기 힘든 사람이 한둘이 아니지만 관객이 들어야 먹고 사는 예술가들의 삶은 상상 이상으로 고단할 것이고 그 단적인 예가 이런 젊은이들의 안타까운 사고사다. 그러나 이를 단순한 사고사라고 명명할 수만은 없을 것이다.

어제 들은 뉴스 또한 비극이다. 엄마하고 사는 열 살, 여덟 살 형제가 라면을 끓여 먹다 불이 나서 둘 다 중상을 입었다는 소식, 라면을 끓여 먹다…… 라는 전제가 면발처럼 목에 걸렸고, 고작 두 살 많은 형이 동생을 끌어안고 보호하느라 상태가 더 심각하다는 소식이 불에 덴 듯 아프다. 물류창고에서 불이 나면 가장 많이 죽거나 다치는 이들은 일용직 노동자들이다. 경제력이 상대적으로 궁핍할수록 사고와 불운은 훨씬 가까이에 있다. 이것은 나만의 감정적 주장이 아니라 실체적인 확률이리라. 상대적으로 더 열악한 노동현실과 삶의 환경에 노출되기 때문이다. 더 좋은 의료의 수혜를 받을 수 없고 더 나은 음식을 먹을 수도 없기 때문이다. 심지어 먹고 사느라 몸을 가꾸고 다스릴 시간도 없기 때문이다. 잠과 휴식을 더 많이 가질 수 없기 때문이다.

막내 누이가 살던 삼각지 역 인근의 전셋집이 생각난다. 이사해서 집 같은 집에서 좀 사는가 했는데 전세 임대기간이 끝나자 전세금을 두 배로 올려달라고 하자 그 아이는 어쩔 수 없이 반전세로 이사를 한다. 그러나 거기서 오래 살지도 못한다. 두 달도 살지 않았던 새집으로 귀가하던 중 교통사고로 삼일 밤낮을 무의식 상태로 버티다 결국 일어서지 못했다. 남은 우리 삼 형제는 수술해도 살아날 확률이 10% 미만일 것이라는 의사의 진단에도 불구하고 그 1할의 절망적 확률을 10할의 희망으로 읽을 수밖에 없었다. 울며불며 마지막 수술이라도 해달라고 애원했다. 누구라도 그래야 했을 것이다. 생각하면 생각할수록 나는 그 집주인이 미워졌다. 그 사람에게도 사정이 있을 수 있고 임대차 보호법상 법적으론 아무 문제가 없을 테지만 그럼에도 당신의 선택이 어떤 비극의 단초가 되었다고 말하고 싶기도 했다. 그 인과성이란 게 직접적이지 않지만 관계없지 않지는 않다는 생각을 십 년이 다 된 지금도 똑같이 든다.

인간의 운명은 단 1초도 안 되는 시간에 결정된다. 막내누이가 쫓기듯 이사 (당)하지 않았다면, 딸아이의 친구가 알바하지 않는 전업예술가로 어느 정도 생계가 보장되었더라면, 어딘가 손 벌릴 데가 있고 게으르다 욕먹을지라도 얼마간은 뻔뻔하게 세상을 살아도 되는 배경이 있었더라면. 집이 있고 돈이 있었더라면. 능력 있는 부모나 형제가 있었더라면. 이런 밑도 끝도 없는 인과적 상상력은 거창한 계급적, 신분적 관점도 아니고 그저 감정적인 하소연일 뿐이리라. 어쩌면 당시에 어떤 조력도 되지 못한 내 처지나 능력이 미워서이기도 할 것이다. 나는 공상컨대, 법이나 규정 이런 것들 이전에 사람이 사람같이 느껴지는 선의와 염치가 앞서는 세상이 되어야 이런 장삼이사들의 억울한 소멸이 위로가 될 것 같다는 생각이 든다. 삶의 처지를 바꿔 생각하지 않으면, 모두가 자신의 처지에서만 하소연하고 정당화하고 강행하게 되면 그것이 현세의 지옥이 될 것이라고.

올 여름 장마는 참으로 길었다. 장마라는 말 대신 어떤 이들은 적절하게 우기라는 말을 썼다. 기후의 재난이, 역병의 재난이, 빚의 재난이, 내 삶만 중요해진 소아적 이기심이라는 재난이…… 우리가 모르는 숨겨진 많은 비극적 사태들을 만들었을 것이다. 우기의 아침, 나도 잠깐 우산을 쓸 새가 없었고 생면부지의 어떤 사람들도 머리가 젖어 분주히 돌아다니고 있었다. 택배기사들, 시설 노동자들, 뭔가를 유지 보수하는 사람들, 음식을 배달하는 사람들, 청소하고 치우는 사람들, 다 시간에 쫓기고 대처해야만 밥이 벌어지는 사람들이었다. '비가 와도 비에 젖은 자는 다시 젖지 않는다'는 시가 있지만, 그 문장은 매혹적이고 시로서는 충분하지만, 실체적인 삶 속에서는 늘 젖은 자가 또 젖는다. 젖은 몸으로 우리에게 젖어온다.

(2020년)

가만히 두는 아름다움

2020년 12월 15일 초판 1쇄 펴냄

지은이 문동만
편집 김선향
디자인 청색종이
펴낸이 최병수
펴낸곳 예옥
등록 2005년 12월 20일 제2005-64호
주소 서울시 서대문구 신촌로 1 쓰리알 유시티 606호
전화 02)325-4805
팩스 02)325-4806
이메일 yeokpub@hanmail.net

ISBN 978-89-93241-70-9 03810

이 도서는 한국출판문화산업진흥원의 '2020년 출판콘텐츠 창작 지원 사업'의 일환으로 국민체육진흥기금을 지원받아 제작되었습니다.

값 15,000원